FISCHER
BOOT

DUMMDEUTSCH

Ein satirisch-polemisches Wörterbuch

unter Federführung von Eckhard Henscheid
und Mitwirkung von Carl Lierow und Elsemarie Maletzke
mit Zeichnungen von Chlodwig Poth

Fischer
Taschenbuch
Verlag

Fischer BOOT
Lektorat Christel Schütz

13.–20. Tausend: April 1985

Originalausgabe
Veröffentlicht im Fischer Taschenbuch Verlag GmbH,
Frankfurt am Main, März 1985
Umschlagentwurf: Hansjörg und Evi Langenfass, Ismaning
Umschlagzeichnung: Chlodwig Poth

Satz: Fotosatz Otto Gutfreund, Darmstadt
Druck und Bindung: Clausen & Bosse, Leck
Printed in Germany
680-ISBN-3-596-27583-0

Das Menschlichste, das wir haben, ist doch die Sprache, und wir haben sie, um zu sprechen.

Theodor Fontane

Vorwort

Dummdeutsch enthält ausgesuchte Wörter und Wendungen aus folgenden Bereichen: Werbe- und Kommerzdeutsch, Feuilleton- und Professorendeutsch, Psychoszenen-Deutsch der neuen Innerlichkeit, Presse- und Mediendeutsch, Sportdeutsch, regierungsamtliches Deutsch sowie eine Reihe von Spezialfällen, auch aus der DDR.

Aufgenommen wurden einzelne Wörter, Wendungen, Sätze und Slogans, die einem täglich begegnen. **Dummdeutsch** erklärt auch Begriffe etc., die schon Allgemeingut sind, und deshalb um so unbedachter verwendet werden (z. B. »Brummi«, »Ein Herz für Kinder«), legt aber insbesondere Wert auf solche Vokabeln, die zwar nicht an sich dummdeutsch sind, aber durch dümmliche Verwendung zu Dummdeutsch werden.

Manche Worte wurden von uns mehrmals aufgenommen, weil jeder der Autoren etwas dazu zu sagen hatte.

Dummdeutsch ist eine erste Bestandsaufnahme der schleichenden Verhunzung unserer Sprache.

Dummdeutsch bietet herausragende Exempel; es ist nicht auf Vollständigkeit angelegt. Dennoch soll die Arbeit nach Publikation der ersten Auflage nicht als abgeschlossen gelten, schon deshalb nicht, weil uns ständig und täglich neues Dummdeutsch begegnet. Die Redaktion **Dummdeutsch** wünscht sich Meldungen resp. Beispiele, Ausschnitte, Anzeigen o. ä., um in einer erweiterten und verfeinerten zweiten Auflage dieses Wörterbuch fortzuschreiben.

Senden Sie Ihr Dummdeutsch bitte an:

Fischer Taschenbuch Verlag
Redaktion »Dummdeutsch«
Geleitsstraße 25
6000 Frankfurt am Main 70

Abbauen »Bau nicht ab, bau auf Milch«, heißt eine seit Jahren laufende Kampagne der deutschen Milchwirtschaft. Was wirklich »klassisches« Dummdeutsch ist und uns einen sauberen Start für dieses Wörterbuch liefert.

Abfahren »Es gibt Männer, die wahnsinnig auf Strapse abfahren«, verrät die dafür zuständige Zeitschrift ›Penthouse‹ (4/84). Aus der ehedem im Deutsch der → Scene beheimateten und halbwegs originellen Verb-Metapher ist längst eine der blindwütigsten Beschwörungsformeln des Neo-Spießer-Deutsch geworden, derer, die eben »irrsinnig gut drauf« (a.a.O.) sind. Wer so redet, bei dem ist wirklich der Zug längst abgefahren. Der muß zur Strafe weiterhin ›Penthouse‹ lesen.

Abschnöden Dieses wunderbare Wort hat uns der Dichter Fritz J. Raddatz geschenkt – gemerkt hat es der Kritiker Robert Gernhardt, der in einem Aufsatz im Frankfurter Raddatz-Fachblatt ›Titanic‹ zu zitieren weiß: »Er (Tucholsky) hatte den Mut, ein Patriot zu sein . . . Kein Franzose und kein Pole, kein Engländer und kein Tscheche ließe sich das abhandeln, abschnöden« [soweit Raddatz] und Gernhardt: »Abschneiden? Nein, nein. ›Schnöde mir bloß meinen Patriotismus nicht ab, du!‹, wie der Tscheche ja gern zum Engländer sagt.«

Absolut Das Absolute hat heute weder irgendwas mit Hegel noch gar mit Gott Sebaoth zu tun. Sondern, ähnlich wie → total und »unheimlich« nur mit eher harmlos Pathologischem. Und, vor allem in Kombinationen wie »absolute Spitze« und »absolut sauer«, mit kraftmeiernder Sprachlosigkeit sowieso. Beliebter freilich noch ist das Absolute in seiner englischen Version. Vor allem in der Werbung und bei Flugreisen und in der Formation: »Absolutely first class« (Cunard & NAC-Anzeige). Wer derlei schwer erträglich findet, sollte die Wiedereinführung der dritten Klasse fordern. Zumindest von der Deutschen Bahn.

Abturnen Die Hunsrücker Sportler tun dies zum Saisonende, ehe sie den Barren einmotten und sich zum Winterschlaf zurückziehen. Zur gleichen Zeit treffen sich die Schützen zum

Abschießen, die DLRG-Ortsgruppen zum Abtauchen, die Wanderer zum Abgang und die Hundesportler zum finalen Abbeißen. Alles ruht, bis das Frühjahr die Menschen wieder dermaßen anturnt, daß sie zu Reck und Schießprügel greifen. Für den Wortfund sind wir Herrn Schatto von der Allgemeinen Zeitung in Sobernheim verpflichtet, bei dem wir ihn auch abgeschrieben haben.

Action Vgl. auch → Power. Der stärkste Satz dazu fiel dem bekannten Eiscreme-Werbeträger Ed von Schleck ein: »Schlekken, Schieben, Äcktschen – das bringt Sätisfäcktschen.« (1983). Nein, besser kann man es einfach nicht mehr sagen.
Nicht mal jener 31jährige Feuerwehrmann aus Hofheim, der im März 1984 das Wiesbadener Möbelhaus Ikea anzündete. Obwohl auch er, zitiert nach ›Frankfurter Rundschau‹, gar nicht schlecht lag: »In mir ist der Frust gesessen und ich habe mir in der Tat etwas action erhofft.«

Action-Weekend Ein solches versprach die Firma ›Peter Stuyvesant‹ in einer Anzeigenkampagne – siehe unter → Wildlife Boat Safari. Man kann nur hoffen, daß a) alle Angesprochenen diese zwei schweren Englischwörter verstehen und daß b) alle Safari-Teilnehmer dabei vor die Büffel gehen.

Aktiv Gesichtet wurden die letzten Jahren über u. a. »erlebnisaktiv«, »gefühlsaktiv«, »gleitaktiv«, »koitusaktiv« (Frankfurter Rundschau) sowie »urlaubsaktiv« – das letztere auch in der Formation »Aktiver Urlaub«, eine Initiative des österreichischen Fremdenverkehrsverbandes, welche die Menschen an die alte Wahrheit erinnerte, der Urlaub habe nicht nur zum Dösen und Weintrinken dazusein, sondern u. a. auch zum Kraxeln, Schwimmen, Bowlen, Trimmen, Wandern und eventuell sogar zum Spielen, von Saunen, Check up, Relaxing, Pool-Bar und Pyramidenbummel ganz zu schweigen (vgl. unter → Erlebniswelt).
Ungescheut tritt der Aktivitätsterror heute vor allem in Zeitungsanzeigen auf: »Laufen Sie? Spielen Sie Tennis? Gehen Sie also aktiv durchs Leben? Dann sind Sie ›in‹.« Schreibt zum Beispiel die ›Aktuelle Verbraucher-Information der Kaufhof AG.‹ Lupenreiner Spätkapitalismus als Gesundheitsvorsorge – bis hin zum totalen Geistverlust: »Werden Sie aktiv mit der Deutschen Krankenversicherung« (Anzeige zum DKV-Freizeit-Test »aktiv leben«).
Verwandt ist der Aktivität die →

Kreativität – vielleicht kann man es so sagen: Das Aktive ist mehr das Gehupfte, das Kreative mehr das Gesprungene.

Akzeptanz Die Akzeptanz ist zwar heutzutage auch auf anderen entscheidenden Sektoren wichtig, ja lebensnotwendig – vor allem aber doch auf dem Gebiet des umstrittenen Kabelfernsehens. Und da freut es einen denn zu hören, daß dessen Promotor, der Postminister Schwarz-Schilling, kürzlich mitteilen konnte, nach einer Allensbacher Umfrage sei die »Akzeptanz des Kabelfernsehens überwiegend positiv«.
Nämlich in der Gesamtbevölkerung. Auch wenn daraus nicht ganz klar hervorgeht, ob nun unter »Akzeptanz« mehr die Annehmlichkeit oder die Annehmungsbereitschaft (auch das wäre kein übles Kompositum!) gemeint ist: Das hört man gerne. Zumal es so was positiv Akzeptierendes und darüber hinaus geradezu tanzhaft kabelselig »Anschlußfreudiges« (Schwarz-Schilling) hat.

Allerwand-Preis Nein, kein neuer Literaturpreis aus dem bayerischen Raum, sondern etwas ganz Neues von der Firma ›Krokofant Möbel‹ aus Frankfurt. Da liest man: »Moderne softige (!) Anbauwand zum Allerwand-Preis!« Die Redaktion »Dummdeutsch« entschließt sich hiermit, einen wohldotierten »Allerwand-Preis« zu stiften, der dem zukommen soll, der in der Lage ist, uns eine »softige Anbauwand« zu zeigen. Und zwar in Frankfurt oder anderswo. Aber dalli!

Allianz der Vernunft Diese will ausgerechnet Erich Kiesl nach der verlorenen Münchener Oberbürgermeisterwahl vom 1. April 1984 anstreben. Nämlich als Oppositionsführer. Das wird was werden.

Allroundeigenschaften Gibt's also auch, und zwar in und am Fahrzeug ›Corolla SR‹ von Toyota. Entweder man hat eine Eigenschaft (oder mehrere) oder nix. Aber nicht »allround«, was wohl soviel heißt wie gar keine Eigenschaften.

Allzweckdarlehen Offerierten deutsche Sparkassen 1984: »Mit einem Allzweckdarlehen können Sie sich das Auto leisten, das zu Ihnen paßt.« Irgendwie paradox – aber macht nichts.

Alternativ Ziemlich schnell gelang es dem ›Alternativen‹, zum Dummdeutsch zu verkommen; obgleich die Inhalte der »Alternativbewegung«, der »Alternativkultur«, der »Alternativme-

dien«, der »alternativen Kneipen« und der »alternativen Liste« ja nicht einmal die allerdümmsten sein müssen. Liegt's an der Fixigkeit und gleichzeitigen Prätention des Worts selber – liegt's an seiner blindlingisch korrupten Verwendung durch die unalternativsten Interessengruppen (Werbung, Medien, sogar CDU und Katholischer Kirchentag 1984)? Eine besondere Dümmlichkeit (vgl. auch unter → aktiv) gelang dabei der Fraktion der Grünen im Frankfurter Römer 1984 mit der Veranstaltung »Altenaktiver und alternativer Nachmittag«.
Das wichtigste Einspielergebnis des alternativen Denkens und der Alternativkultur scheint jedenfalls dies: daß Theater (»einmal anders«) nicht im Theater stattfindet, sondern im Bierzelt; Ballett dagegen in der Kirche; Oper auf dem Fußballplatz; und ein Klavierkonzert auf dem Marktplatz. Und dies vor allem in Nürnberg und unter der Ägide eines sozialdemokratischen und mit → Trauerarbeit beschäftigten Kulturdezernenten. Wozu das alles, das weiß heute, zehn Jahre nach dem Start der Alternativkultur, niemand mehr. Wir unsererseits empfehlen als Alternative zur Alternative das Horkheimer/Adornosche »Andere« – auf daß euch nicht eines Tages der Ganzandere hole.

Ämterdurchlässigkeit Siehe unter → Bürgernähe.

Anders Das »Anders-Reisen« zum Beispiel ist natürlich ewig und einen Tag derselbe alte Hut, aber eben ein → alternativer. So wie die Werbung überhaupt sehr schnell kapiert hat, daß das Max Frisch'sche »Anders-Sein« (Andorra) etwas sehr Gefühls-Aktives (vgl. → aktiv) an sich hat.

Anforderungsprofil Was das ist, bzw. sein könnte, erklärt unnachahmlich die ›Frankfurter Rundschau‹ in ihrer Beilage »Wer will was werden«: »Das Anforderungsprofil eines Berufes besteht aus mehreren Einzelmerkmalen. Diese sind untereinander nicht starr, sondern recht flexibel. Manche können sich gegenseitig ersetzen oder ausgleichen (Kompensation). So ist fehlende Farbsicherheit teilweise durch logisches Denken ausgleichbar. (Bei der Verkehrsampel ist Rot immer unten!)« Fehlende Gehirnmasse läßt sich hingegen nimmermehr durch Dummbeuteleien ausgleichen. Und dennoch bleibt die Redaktion »Dummdeutsch« bei ihrer Meinung, daß die FR noch immer unsere lesbarste Tageszeitung ist. Obwohl bei denen das Grün immer oben ist.

Animateur Der neudeutsche Animateur hat wenig mit der C. G. Jungschen »Anima« und schon mehr mit dem altdeutschen Animiermädchen zu tun. Er findet sich vor allem als eine Art Unterhaltungs- und Verblödungseinpeitscher im Rahmen des Club ›Méditerranée‹ und verwandter Konsortien und ist, alles in allem, ein Verwandter des Skilehrers und der Prototyp des modernen Knalldeppen. Einen wertvollen Beitrag zum Wesen der »Animation im Club Méditerranée« veröffentlichte kurz vor Redaktionsschluß der ›Spiegel‹ (1. 10. 84): Danach besteht die Animation darin, daß ein Rudel Frauen im Bikini nebst ein paar Männern sich in Gänsemarschordnung an den Schultern faßt und derart im Kreis herumtapert – genau, wie man sich's in seinen sexuellsten Träumen ausgemalt hatte. Animiert wird heutzutage auch stark im Theater und in der Oper, speziell im Dunstkreis des sogenannten »Regietheaters«. Programmhefte sind da z. B. nicht länger Programmhefte, sondern sie verstehen sich als »Animationshilfen«, und das hat z. B. zur Folge, daß man im Beiheft zu einer Aufführung von Glucks ›Alceste‹ in der Frankfurter Oper zwar nichts mehr über Alceste und das Werk, alles aber über Marilyn Monroe und den Krempel erfährt, den der Herausgeber Zehelein die letzten Monate über so zusammengelesen hat, um uns damit zu animieren. Und wir Dummis müssen's leiden.

Annäherung Begriff aus der neueren Edel-Literaturküche. Dazu, wie zum → Versuch und zum »Annäherungsversuch«, hat Jörg Metes (in: ›Titanic‹ 10/82) schöne Beispiele aus der Welt der Belletristik gesammelt. Die »Annäherung« ist, Metes zu folgen und ihn auszuweiten, eine halbe Entschuldigung, nämlich ein Eingeständnis, daß Begriffe wie »Roman« oder »Essay« zu groß für das betreffende literarische Vorhaben seien – und andererseits und vor allem ein halber Größenwahn dergestalt, daß eben diese traditionellen Kategorien nicht mehr ausreichten, den Sublimcharakter des jeweils Gesagten und zu Sagenden auszudrücken. Und also mußte ein neuer Formbegriff her – vor allem da, wo der pure Wille zur schieren Erlesenheit und → Betroffenheit walkt, und dies ganz besonders im Umfeld der Suhrkamp-Kultur. Kurz, die Annäherung ist meistenteils der reine Scheiß. Nach ihr und den »Versuchen« kam es freilich noch ärger und unheilvoller; nämlich mit den Verständigungstexten. Siehe unter → Verständigung.

Antifaschistisch Wahllos eingesetztes DDR-Dummdeutsch. Vgl. dazu unter → faschistisch.

Arbeitsemigranten Besonders Empfindsame und sozial → Sensible nahmen sei 1984 vermehrten Anstoß daran, daß die deutschen Gastarbeiter »Gastarbeiter« heißen – und wehrten sich. Einer schrieb ein Buch ›Die sogenannten Gastarbeiter‹ – andere veranstalteten ein ›Festival für Arbeitsemigranten‹. Das wird die Arbeitsemigranten weit nach vorne werfen.

Arbeitsmarktentlastung Bürokraten- und Zeitungs-Dummdeutsch (z. B. ›Die Zeit‹ vom 23. 3. 84). Arbeitsmarktentlastung meint, daß der Arbeitsmarkt mit Arbeitswilligen belastet, ja lästig überlastet ist. Zur Schonung des Arbeitsmarktes sollte man sich also schleunigst was einfallen lassen.

Aroma-Technik Vormals Thermoskanne, vormals Kaffeewärmer. Wie auch immer, nach zwei Stunden ist der Muckefuck ungenießbar.

Ätzend Ein doppelsinniger, ursprünglich in der Szenen-Sprache beheimateter und recht farbig schillernder Begriff (»ätzend« gleich »tödlich«, aber auch »affengeil«), der, wie viele seiner Art, durch Inflation zum Dummdeutsch verkam. Und der – das spricht wieder für ihn – deshalb momentan im Aussterben begriffen ist.
Vgl. dazu das Büchlein ›. . . ächt ätzend, gesprühte Sprüche mit Esprit‹ von Iris Blaschzok (1983).

Ausdrucksträger Unerschöpflich der Vorrat des Dummdeutschen, der sich in wissenschaftlichen, besser: pseudowissenschaftlichen Publikationen findet. In ihrer wirklich knallhart feministischen Biographie über Rahel Sanzara rödelt die Professorin für deutsche Sprache (eben!) und Literatur an der Cleveland State University, Frau Prof. Diana Orendi-Hinze, über den Tanz: »Der akademische Tanz, das Ballett, war von den Impressionisten als unzureichender Ausdrucksträger erkannt worden.« Neidlos erkennen wir an, daß Frau Prof. Orendi-Hinze als Ausdrucksträgerin ihren Platz in diesem Wörterbuch vollauf verdient hat.

Azubis Ob es die SPD-Kulturpolitik oder die Gewerkschaft war, die vor einem runden Dezennium anstelle der peinlich anzuhörenden »Lehrlinge« die »Auszubildenden« kreierte, ist heute schwer mehr auszumachen. Woraus denn schließlich aber die »Azubis« wurden – was zwar noch verschleiernder ist als die »Auszubildenden« und mindestens ebenso kürzelwahnhaft wie die meisten DDR-Begriffe –, aber immerhin klingt es fast türkisch, und das wissen unsere Freunde vom Land des Halbmonds sicher als gastarbeiterfreundliche Geste sehr zu schätzen.

Baby an Bord Schreiben Leute an ihr Auto, denen wirklich nicht mehr zu helfen ist. (Vgl. → Ein Herz für Kinder)

Babyglück ›Haus Babyglück‹ ist eine Gesellschaft mit beschränkter Haftung, die unter dem Moto »Immer das Neueste fürs Baby« diesem auch gleichzeitig mittels eines Prospektes »Top-Set« (vgl. unter → Top) das Allerbeste beschert. Z. B. Pipi- und Kacki-Pöttchen mit einem »den Konturen des Kindergesäßes anatomisch genau angepaßten Sitz«, der nicht nur »funktionsgerechtes Sitzen« erlaubt, sondern im gleichen Atemzug auch noch »das Gesäß völlig frei hängen läßt«. Zu

Recht kommentiert Robert Gernhardt, der den Top-Set-Fall für die »Deutschen Dokumente« der ›Titanic‹ (wiederabgedruckt in R.G., Letzte Ölung, 1984) aufgespürt und berichtet hat: »Sire, geben Sie Gesäßfreiheit!«

Ballungszone Die Ballungszone darf nicht verwechselt werden mit dem Ballungsraum, und noch weniger mit dem Verdichtungs- oder gar Großverdichtungsraum. Nein, solche Verwechslungen wären schwere Verletzungen des neueren und neuesten Bürokratendeutsch aus dem Wörterbuch des Unmenschen.

Bedrohungsgerecht »Die Luftverteidigung wird nun wieder bedrohungsgerecht . . .«, läßt der Bundesverteidigungsminister Manfred Wörner seinen Pressesprecher über das neue Bundeswehrkonzept ausplaudern. Andere hingegen fragen, wann denn Herr Wörner endlich einmal gerecht bedroht wird, am besten im Dunkeln . . .

Behinderte Die Behinderten erscheinen heute vor allem in Form von ›Behindertenfesten‹ und ›Behindertenolympiaden‹ – und man kann davon ausgehen, daß die jeweiligen Veranstalter und/oder Worterfinder ganz sicher den Arsch sehr weit offen haben.

Besteckberaterin Damen dieses Standes beschäftigt die Firma WMF. Wir raten: den Löffel für die Suppe, das Messer zum Schneiden, die Gabel – na? – zum Spachteln, genau!

Betroffen Die neuere deutsche allgemeine Betroffenheit (vgl. auch die eng verwandten → sensibel, → verletzlich, → verwundbar, → traurig und → Wut und Trauer) ist ein Kernstück der neuen deutschen Schwerinnerlichkeit. Sie wurde geboren zu Beginn der 70er Jahre, als der damalige ZDF-Talkmaster Reinhart Hoffmeister im Rahmen seiner Schnickschnack-Sendung ›Litera-Tour‹ buchstäblich von allem und jedem betroffen war: von etwelchem neuen Theaterstück, das die Verbrechen der NS-Zeit bloßlegte, bis zum hinterletzten affigen Protestsong wider die Hast der Zeit. Der Hoffmeister dann freilich regelmäßig seinen Tribut zollte, indem er fix zur nächsten Betroffenheit überleitete. Denn am betroffensten war er natürlich eigentlich von seiner eigenen Sensibilität und Betroffenheit (vgl. dazu Nicolas Borns Romanzitat unter dem Stichwort → Wut und Trauer).
Insofern ist die neuere deutsche Betroffenheit auch ein Ableger jenes »Engagements«, das, nach Adornos (ungeachtet des

Schwindens des Engagements) noch immer wahrem Satz, in Deutschland zumeist auf Geblök hinausläuft. Waren vordem meist nur professionelle Politiker anläßlich von Todesfällen, Attentaten usw. kurzzeitig »betroffen«, so steigerte sich die allgemeine und allseitige Betroffenheit Mitte der 70er Jahre zur Allzweck-Beschwörungsformel, sie hatte ihre größte Zeit dann vor dem Hintergrund der Anti-Pershing-Proteste und erklomm schließlich ihre Epiphanie am 22. 11. 1983 im Deutschen Bundestag, als die Fraktion der Grünen zwei Stunden lang praktisch ununterbrochen »betroffen« war – und nicht nur das: in der gleichen Woche sollen auch, laut Theo Sommer (in der ›Zeit‹), der Kanzler Kohl sowie er, Sommer selber, angesichts der Raketen bzw. des Widerstands gegen sie betroffen gewesen sein.
Dem folgte stante pede der Buchtitel ›Petra Kelly – Politikerin aus Betroffenheit‹ (Monika Sperr) – und auch andere Verlage zogen nach: »Sachlich und doch betroffen«, soll laut Hanser-Verlagswerbung der neue Roman von Eva Demski sein – und das eben kann nicht gut sein. Denn »Betroffenheit« bedeutet heute, ein halbes Jahrhundert nach dem Epilog von Brechts ›Der gute Mensch von Sezuan‹ (»Wir stehen selbst enttäuscht und sehn betroffen/den Vorhang zu und alle Fragen offen«), wenig oder nichts mehr anderes als einen Euphemismus für Benommenheit, Benebeltheit, Behämmertheit, Gedankenlosigkeit oder aber, wenn denn schon gereimt werden muß, Besoffenheit.
Genauer: Betroffenheit bedeutet heute: nichts.
Absolut und wortwörtlich nichts.
Dies beleuchtet nochmals ein Satz wie der auf dem Klappentext eines Ullstein-Taschenbuchs: »Guggenheim ist Erzähler, nicht Moralist. Er bleibt bei aller Gelassenheit mitbetroffen.« Und die Logik vor lauter Betroffenheits-Verschmocktheit nebenbei auch noch auf der Strecke. Wenn nicht eh alles gelogen wäre, dann müßte es ja wohl plausibel heißen: »Er bleibt bei aller Mitbetroffenheit gelassen.« Was immer das auch heißen mag.
»Betroffen« waren 1984 z. B. auch der Berliner Bürgermeister von Weizsäcker (über den »Tod eines Türken«) und der Trainer Lattek (über die Nichtberücksichtigung seines Spielers Augenthaler durch Jupp Derwall).
Die neue Frauenzeitschrift ›Feministische Studien‹ hat gleichfalls »Betroffenheit« auf ihre Fahnen geschrieben. Und allerletzter Fall: laut ›Bild‹ vom

10. 4. 84 ist jetzt auch Außenminister Genscher von irgendwas sogar »tief betroffen«.
Die Lyrik der 70er Jahre, schreibt Volker Hage in dem gleichnamigen Reclam-Bändchen, sei u. a. von »Betroffenheit« geprägt gewesen. Tatsächlich ist es gerade die Anfälligkeit der ehemaligen und aktuellen Linken für Ramsch-Kategorien wie »Betroffenheit« und »Wut und Trauer«, die bedenklich und traurig stimmt. Logisch, daß deshalb auch Erika Runge und Peggy Parnass im August 1984 vierzehn Tage lang »Gespräche über Realität, Betroffenheit, Phantasie, Engagement« führen mußten. Sage und schreibe. Und das ausgerechnet an der »Sommeruniversität Toskana«, dem fraglosen Zentrum neosensibilistischer Betroffenheit . . .

Betroffenheitsschwelle Die gibt's nämlich auch noch. Und zwar zumindest in dem Geseire der deutschen Philologen, nämlich in der ›Zeitschrift des deutschen Philologenverbands‹ (8/1981), und der ganze Passus lautet: »Je bedrängender die Präsenz der hohen Zahl von Ereignissen und Probleme (!) ist, die zu verarbeiten sind, je höher deshalb die Betroffenheits- und Sensationsschwellen gesetzt werden, desto weniger darf Schule hektisch werden. Die Erhöhung der Betroffenheitsschwelle als Folge der Präsenz der täglichen ›Fernsehkatastrophen‹ . . .«
Usw. Und solche Schwellköpfe sollen also unseren Kindern und Kindeskindern Goethe, Fontane und Kafka beibringen.

Beziehungsprobleme Beziehungsprobleme sind seit den 70er Jahren »ein gewissermaßen strukturalistischer Terminus« (Michael Rutschky ›Erfahrungshunger‹ 1980) für Spannungen, Krisen, Konflikte zwischen den Geschlechtern, der aber »die naturhaften Bedeutungsanteile von ›Geschlechtern‹ vermeidet« (a.a.O.)
Und zumindest von daher mit Dummdeutsch zu tun hat; von der Wortästhetik ganz zu schweigen.

Bodendecker Besenholz aus der Abteilung »Unsere Stadt muß unbedingt noch scheußlicher werden – und zwar sofort!« Abgasfest, trampelfreudig, müllschluckend. Wächst nicht, blüht nicht, paart sich ungeschlechtlich mit Waschbeton. Ergebnis: der Kübel bzw. die Fußgängerzone.

Boulevardcharakter Fordern unsere Städtebauer knallhart für umgebaute Straßen. (vgl. → Erlebniszone, Fußgängerzone) Nachdem alles, aber auch alles, betoniert, zugekastelt, eingegraben und verschüttet ist, sollen sich die Leute gefälligst bemühen, »Boulevardcharakter« zu bringen – mal zwischen Teer und Beton stehenbleiben, durchzuatmen, und das alles noch für → Lebensqualität zu halten. Wie für jeden Charakter gilt auch hier: man hat ihn, befehlen läßt er sich nicht.

Brainstorming Siehe → Ideenproduktion

Brummi Ein Dummdeutsch, zusammengesetzt aus Infantil- und Verschleierungsdeutsch. Größter Fürsprecher der Brummis ist ergo die ›Bild‹-Zeitung, die in den krach- und dreckmachenden notabene deutschen Lastwagen in mehrfacher Hinsicht ihre Freunde und natürlichen Verbündeten sieht. Erstens sind Brummi-Fahrer (auch während der Fahrt) große ›Bild‹-Leser, zweitens fahren sie oft ›Bild‹ aus und drittens ist die von den Brummis geförderte brummende Dummheit im Kopf des Zeitgenossen wiederum eine Voraussetzung für erstens und zweitens. Mal ganz abgesehen davon, daß Brummi-Fahrer, statistisch erhärtet, zu viele geleerte Flachmänner im Kopf haben, was, vereint mit der ›Bild‹-Lek-

türe, den Kreis des Brummenden abermals schließt.

Brummi Bauch auf Rollen, der uns Dummis weismachen will, ohne seine stinkende, gemeingefährliche Präsenz auf unseren Straßen liefe überhaupt nichts mehr. Das Gegenteil ist der Fall, wenn B. querbrummt, um niemanden mehr durchzulassen, weil ihm eh' alles viel zu langsam geht. Dann schweigen die Motoren.

Bürgerbetroffenheit Die vorerst letzte und bürgerlichste Spezifizierung der allgemeinen → Betroffenheit, nachgewiesen z. B. in einer Rede des Parlamentarischen Staatssekretärs beim Bundesminister des Inneren, Dr. Horst Waffenschmidt, über – ausgerechnet – Entbürokratisierungsmaßnahmen:
»... das Baurecht, das am meisten erkennbar gewordene Bürgerbetroffenheit auslöst.«
Die Bürgerbetroffenheit ist also gewissermaßen die Voraussetzung der ihr folgenden und entbürokratisierten und schon populäreren → Bürgernähe.

Bürgernähe Bürgernähe beweisen – vor allem in Bayern – Bür-

germeister, Landräte und Landtagsabgeordnete, die speziell während der Sommermonate täglich im Rahmen von Volksfesten, Wallfahrtsaufläufen und Kirchweihen inmitten der Bürger aus steinernen Krügen Bier in sich schütten und dabei im – vive la petite différence! – Unterschied zu den Bürgern auch noch andauernd schön fotografiert werden; um am nächsten Tag nochmals aus der Zeitung heraus gleichfalls Bier in sich zu schütten. Die Bürger selber waren eben nicht nah genug an den Kameras dran.
Dagegen herrscht in Ämtern heute meist die »Bürgerfreundlichkeit« im Zuge der verbesserten → Ämterdurchlässigkeit, ja »Ämtertransparenz«. Auch nicht schlecht.

Bum(m)sen Das Wort, zurückdatierend auf die späten 60er Jahre, ist tatsächlich und akkurat so brummend dumm wie die Aktionen jener, die es bei dem gemeinten Vorgang benutzen. Insofern ist es natürlich sehr sprechend und, obschon lauteres Dummdeutsch, sehr zu begrüßen. Wir unsererseits, wenn's denn schon sein muß, empfehlen trotzdem, je nach → Intensität: vögeln, mauseln, knispeln, pimpern, knöpfeln, pflöckeln, bürsteln, nageln und rammeln.

Business Neben vielen anderen Impertinenzen gibt es heute u. a. eine »Business-Class« und »Business-Tarife« (Hertz-Autovermietung-Anzeige Frühjahr 1984). Wie andere importierte Anglizismen auch (Vgl. unter → Wildlife Boat Safari) leidet das den Duft der großen weiten Welt transpirierende »Business« vor allem darunter, daß der deutsche Stuyvesant-Raucher es nicht immer versteht. Was nützt dem Rudolf Augstein im ›Spiegel‹ ein mondänes »Business as usual«, wenn drei Viertel seiner Leser mit Abitur die sublimen Implikationen der Metapher nicht kapieren.

Business-Klasse Eine solche mit Luxus zum → Sparpreis hat unter anderm auch die Delta Air-Lines. Klasse.

Cafeteria »Cafeteria bedeutet für uns mehr als nur Essenseinnahme«, weiß das Möbelhaus ›Wohnwelt 2000‹. Vgl. → Möbelbibliothek. Für uns (und den Duden) bedeutet Cafeteria mitnichten »Essenseinnahme«, sondern noch immer Imbißstube oder Selbstbedienungskneipe. Und ganz sicher werden wir uns dort nicht »wohl fühlen und entspannen«, weil wir zwar fressen, spachteln, schmatzen, bisweilen schlicht essen – niemals aber zur »Essenseinnahme« schreiten.

Campingparadies Belegt tausendfach in deutschen Supermärkten u. ä. – und einmal in einem Kurzhörspiel von Gerhard Polt (Im Kaufhauslift). Vgl. auch → Erlebnisbühne und → Geschenkcorner. Wenn das deutsch-internationale Camping-Inferno schon sein muß, dann doch besser in Form des Alt-Nürnberger Humoristen Herbert Hiesel, der mit seiner Frau allzeit zum »Campeln«, gespr. »Gämbeln«, zum Gardasee brummte.

Center Das Center-Wesen startete Ende der 60er Jahre mit »Jeans-Center« und »Sex-Center«, dann kamen Innovationen wie das »Disco-Center«, das »Fitness-Center« und das »Recreation-Center« dazu, heute umfaßt die Kreation auch so Wertvolles wie das »Foto-Center«, »Buch-Center«, »Motor-Center«, »Karate-Center«, »Jagdsport-Center«, »Picknick-Center«, »Snack-Center«, »Grill-Center« (das letztere Trio: Imbißbüdchen) oder auch das »City-Center« (Marktplatz). Gesichtet wurden item schon »Shop-Center« und »Center-Shop« – da sind sich die Experten offenbar nicht ganz einig (vgl. unter → top). Und in Wirtshäusern aufgestellt sieht man hin und wieder kleine handliche Stellagen, in deren Regalen unterschiedliche Sorten Pfefferminzbonbons lagern – und das Ganze wird von einem Schildchen überdacht, auf dem niedlich und freilich auch etwas spukhaft »Frisch-Center« steht. Noch nicht durchgesetzt haben sich offenbar »Gebet-Center« (für Dome), »Brumm-Center« oder »Longsit-Center« (für Gefängnisse) und »Schluck- und Gluck-Center» (für Gaststätten). Wird Zeit, daß auch das noch kommt. Damit wir's hinter uns kriegen.

Checken Bedeutet einerseits so viel wie überprüfen – andererseits so viel wie schnallen, begreifen. Also Vorsicht! Auch leicht mit Euro-Scheck und Sport-Scheck zu verwechseln! Hängt aber andererseits tatsächlich alles miteinander zusammen.

Dandydezza Über Joachim Veils Buch ›Das Geräusch beim Erwachen‹ (vgl. → postapokalyptisch) urteilt sein Kollege Ernst Herhaus im ›Deutschen Allgemeinen Sonntagsblatt‹: »Es ist literarische (lesbare) Dandydezza, befreiende Ohrfeigenmusik lachender Unabhängigkeit von der Verstehungsparanoia der Märkte, Medien & Mediokritäten Inc., beim Lesen erlebte ich wiederum den oben näher bezeichneten Schmerz sowie den Genuß fremder, sprachlicher Hochleistung, in der mein Verstandesleben neue Zufuhr bekam, in mich lesend wiederum der auch in mir wie überall herrschenden Tyrannei des Alles-begreifen-Müssens zu erwehren vermochte . . .« Das muß man mehrmals lesen, so schön ist das. Natürlich rätselt man über den Begriff »Dandydezza«, noch mehr erfreut aber doch die »Ohrfeigenmusik«, und besonders das stille Eingeständnis des Herrn Herhaus, daß er rein gar nix in dem Buch kapiert hat. Aber davon kann er ganz gut leben. Auch wenn das »Verstandesleben« nicht mitspielt. Ach Herhaus.

Denkanstoß Der Denkanstoß wurde vermutlich Mitte der 60er Jahre erfunden bzw. wiederentdeckt, und sein Hauptvertreter war der ehemalige ›pardon‹-Verleger Hans Alfons Nikel, der aber auch jeden unausgegorenen bzw. unhaltbaren Stiefel an Zeitgeist ins Blatt rücken wollte, und zwar immer mit dem flehentlichen Appell: auch wenn an der Sache nix dran sei, würde man so doch immerhin Denkanstöße in die Welt lancieren. Zu deren weiterer Verfinsterung.

Dichtungssprechen Das hat's jetzt tatsächlich auch. Nämlich an der Johann Wolfgang Goethe-Universität Frankfurt, Institut für deutsche Sprache und Literatur, welches unlängst zur »Fortsetzung der Reihe Dichtungssprechen. Hörverstehen von Kafkas Mythentravestien« einlud.

Dimension Kind Jawohl, Kinder gibt's ab sofort nicht nur mehr einzeln zu kaufen, sondern auch als Dimension. So jedenfalls läßt das Statement eines Wissenschaftlers in der ›Frankfurter Rundschau‹ vom 26. 3. 84 hoffen.

Zum Thema Denkanstoß ein überaus durchdachtes »Denklied« stammt vom reifen F. W. Bernstein:

Ach hätt ich doch ein Denkanstoß, Denkanstoß, Denkanstoß
Wer gibt mir bloß ein Denkanstoß
Denk – an – stoß!

Was wollen Sie? Ein Denkanstoß? Denkanstoß? Denkanstoß?
Da ham Sie einen Denkanstoß
Denk – an – stoß
(gibt mir einen Denkanstoß – WAMM!)

Jetzt hab ich meinen Denkanstoß, Denkanstoß, Denkanstoß
ich glaub, jetzt geht das Denken los
Mach ich bloß, was mach ich bloß?
Wie werd ich die Gedanken los?
Danken – los?

Dirigat »Unter dem Dirigat von Michael Gielen entfaltete sich Mahlers Neunte . . .« ›Frankfurter-Rundschau‹-Deutsch für »Leitung«, »Stabführung« usw. Noch vornehmer wäre vielleicht »Stabsdirigat«.

Doppelrahmstufe Begriff aus der neuen Werbe- und Joghurtsprache. Niemand weiß, was das ist, aber so steht es neuerdings auf den Packungen. Den Menschen aber geniert es nicht, sondern er putzt auch noch die Doppelrahmstufe weg.
Vorsicht! Nicht verwechseln mit den Rahmenrichtlinien für die hessische Oberdoppelstufe!

Doppelrentnerin Wie schon die → Mannesanwartschaft eine Kreation des Bonner Ministeriums für Arbeit etc. Nach dem doppelten Lottchen, dem Doppelwhopper und der → Doppelrahmstufe ist die D. ein sauberes Stück Dummdeutsch, aber auch eine weitere Sauerei aus Bonn: nämlich eine Verschleierung des weiteren Abbaus der Renten unserer Alten. Uns bleibt die Hoffnung auf einen frühen Tod der Erfinder solchen Summs.

Dosierspender Gemeint ist vermutlich die kleine längliche und regelmäßige Wurst, die, drückt man auf sie, aus den Zahnpastatuben kommt. Denn diese tragen heute als neuesten Fortschritt z. T. die Aufschrift »Mit Dosierspender«.

Drive Es gibt a) den musikalischen drive, b) den erotic drive und c) neuerdings den »McDrive« in Würzburg und Ludwigsburg, nämlich als Unterabteilung der allgemeinen McDonaldisierung der Bundesrepublik sowie als »schnellen Spaß für Autofans«: Ohne das Auto auch nur eine Sekunde verlassen zu müssen, kriegen Deutschlands Knalldeppen jetzt »in Sekundenschnelle ihren Hamburger«, sofern sie zuerst über eine Betonplatte fahren und »mit Hilfe modernster Computertechnik« durch einen Piepston sich und ihren Hunger ankündigen. »Bis zum Jahre 1990 will McDonald's über 50 Restaurants dieser Art in Deutschland verfügen« (›Mäc-Press‹ 4/83).

Du Seit Mitte der 70er Jahre eine sprachliche Pest, vergleichbar der ehemaligen Karl Valentinschen »Gell-Pest«. Eingeschleust vermutlich aus dem Norden des Landes, herrührend wohl auch aus den Quellen des Genossenschaftlich-Sozialistischen und der neuen → Sensibilität und der neuen Psychoszene erreichte die »Du-Pest« spätestens 1980 selbst Deggendorf und Passau, und heraus kommen meist Sätze der Art: »Du, wenn du meinst, daß du dich da einbringen kannst, du, ich meine kreativ, also ich meine, daß du deine Blockierungen loswirst, du, und deine Staus frei werden dudu . . .«
Der Du-Sager hat zwar seinen Adorno gelernt: daß es bei den meisten Menschen schon eine Unverschämtheit sei, wenn sie »Ich« sagten – indessen geht es auch dem Du-Sager keineswegs um die Martin Bubersche Du-Brüderlichkeit – sondern ums blanke vulgärnarzißtische Ich. Das um so penetranter wird, als es auch noch jeden Fremden mit »Du« anquatscht. Statt, wie es sich gehört, mit »Sie«. Oder gar »Er«. Oder »Euer Gnaden!«
Ein besonders erlaucht-dümmliches Beispiel der Du-Krankheit lieferten 1984 gemeinsam die Sängerin Nena und die Zeitschrift ›Brigitte‹:
Brigitte: Sie sind derzeit Deutschlands erfolgreichste Popsängerin (. . .)
Nena: Ich finde meine Stimme gut (. . .) Du kannst übrigens du zu mir sagen.
Brigitte: Nimmst du Gesangsunterricht?
Mit dem Schwinden der Scham, vermutete Freud, stelle sich der Schwachsinn ein. Mit dem Schwinden der Distanz, so darf man heute seufzen, item.

Ausnahme: Gut ist es, hohe SPD-Parteigenossen und speziell gar sozialdemokratische Bundeskanzler mit »Du, Genosse« anzureden. Denn das hören sie gar nicht gerne.

»Du darfst«-Nahrung Diese gab es 1984 z. B. im Frankfurter HL-Markt. Und zwar: »Du darfst«-Margarine, »Du darfst«-Konfitüre, »Du darfst«-Teewurst, »Du darfst«-Salami und »Du darfst«-Käse-Aufschnitt. Und gemeint ist ganz offenbar, daß der innere Schweinehund zwar nicht ganz zu überwinden, das Überich aber oft nachsichtig ist.

Dunkelziffer Unhaltbare Behauptung einiger Statistikfixierter. Will sagen, daß hinter jeder belegbaren Ziffer eine Dunkelziffer lauert, die noch viel schlimmer und außerdem ein Vielfaches der ersteren ist. Was 1) eh Quatsch ist, denn wer will sagen können, daß hinter der Zahl von – sagen wir – 1500000 Fällen von Steuerhinterziehung noch das Zehnfache steht, und 2) für alle Zeit im dunkeln bleiben wird, was wir hoffen wollen. Da wundert's wirklich nicht, daß solchen Knallköppen die Volkszählung verboten wurde.

Echt »Was deutsch und echt wüßt' keiner mehr«, bündelt trächtig in Wagners ›Meistersingern‹ Hans Sachs. In der Tat waren Deutschtum und Echtheit lange Zeit über geradezu Synonyme. Dagegen und gegen die trüben Nachläufer dieser altdeutsch-nazistischen Ideologie polemisierte scharf im »Jargon der Eigentlichkeit« Adorno – und nannte künftighin z. B. die obersten Kunstwerke gern »authentische«; was freilich nicht viel besser ist als »echt« und auch nicht viel half: Auch unterm Begriff des »Authentischen« sammelte sich in der Nachkriegszeit aller Tod und Teufel und vor allem Unrat. Fröhlich-gnadenlose Wiederkehr gelang dem »echt« gleichzeitig und fast unverhofft im neuen »Scene«-Jargon: als affirmatives Füllsel in Kombinationen wie »echt gut«, »echt cool«, »echt beschissen«. Über diesen Umweg kurvte das »echt« zurück in den Bodensatz der Werbung und ihre unbarmherzigen Lügen: »echt → frisch«, »echter Geschmack«, »echt sexy«.

Ehegattennachzug Nicht zu verwechseln mit dem Ehegattensplitting, nein, gar nicht zu verwechseln. Denn, wenn dieses eher das Geld betrifft, so jenes die Ausländerpolitik – aber seien wir gerecht: wie soll man das scheußliche Ding sonst bürokratisch gerecht ausdrücken?

Ein Mehr an Ein Meer an glückhaften zerebralen Selbstvernebelungskünsten war wohl notwendig, Rainer Barzel einst diese heute noch gültige und häufig zu hörende 3-Wort-Kombination einzugeben und mit einem jeweils vierten Wort sinnreich anzufüllen, ja zum Überlaufen zu bringen: »Ein Mehr an Vaterland«, »ein Mehr an Demokratie«, »ein Mehr an Konsumverzicht«. Bekannt ist auch die Formation »Ein Mehr an Europa«. Obwohl Europa partout nicht zu vergrößern ist. Höchstens durch Krieg. Und da kriegen wir eins aufs Dach. Was freilich ein weiteres Mehr an Verlust klarer Gedanken hervorruft. Und so soll's sein.

Eigenego Ist kein Begriff aus Mitscherlichs Nachlaß, sondern eine Fundsache aus einer Anzeige im ehrwürdigen ›Börsenblatt für den Deutschen Buchhandel‹. Dort schreibrätselt Herr Christian L. von der Buchhandlung A. Jackmann in Herford über den → Bestseller ›Das vierte Protokoll‹ von Frederick Forsyth: »Eigentlich hätte es ein schöner Grillabend sein sollen, wenn das Leseexemplar von Piper, Forsyth, nicht am Samstag

eingetroffen wäre. Trotz Vorwarnung im beigefügten Brief begann ich mit dem Buch am Samstagnachmittag und dann beim Grillen, nach dem Grillen und bis spät in den Sonntagmorgen. (. . .) Herrlich auch die untergründige Ironie der Geheimdienste, Beamte gegen Apparatschik, beide träge und nur auf Eigenego bedacht.«
Es wird Herrn L.'s Geheimnis bleiben, was die »untergründige Ironie der Geheimdienste« wohl ist, und uns drängt sich der Verdacht auf, daß der tapfere Buchhändler während des Grillens, aber vor Abfassen des Leserbriefs auch die Holzkohle mitgefressen hat.

Eigenleistung Wohlfeile Ausrede für Eigenheime, die nach dem Richtfest bereits wieder anmutig zusammenbrechen.

Einbringen Wenn man es nicht mit eigenen Ohren hören könnte, man würde es für Satire halten, wie z. B. in Frankfurter Kaffeehäusern z. B. Frauen z. B. im Gespräch miteinander »sich einbringen«. Gnadenlos, stundenlang und expressis verbis. Sie bringen sich in alles ein; in neue Probleme, in Debatten, in gesellige Kreise und vor allem in sich. Erstaunlich, daß sie vor lauter blindwütig aktionismusgeiler Geschwätzigkeit immerhin auch noch den Kuchen in sich einbringen; auch wenn sie's selber offenbar gar nicht merken.

Einlassen Das Sich-Einlassen ist sehr verwandt dem sich → Einbringen, und einen besonders wertvollen Textbeitrag dazu steuerte jüngst im Zusammenhang seiner Proust-Verfilmung ›Eine Liebe von Swann‹ der Regisseur Volker Schlöndorff in einem Gespräch mit ›Brigitte‹ bei: »Es geht um dieses Mißverständnis in der Beziehung Mann – Frau, unter dem Ornella Muti genauso leidet wie Odette. Aber er behandelt sie wie ein schönes Stück, das in seiner Vitrine fehlt. Aber am Ende triumphiert sie. Sie ist fähig, sich einzulassen. Sie will zu ihm gehören, aber nicht ihm gehören.«
Dabei hat Schlöndorff freilich ein anderes hochdialektisches Wortspiel übersehen: Sie will sich einlassen, aber nicht vereinnahmen lassen. Und weil Swann einverstanden ist, läßt sie ihn auch rein (vgl. → reinweichen).

Einpfeifen auch: reinpfeifen. Ist zwar formal Dummdeutsch, birgt aber schöne und farbige Sprachmöglichkeiten: Sich ein Buch reinpfeifen, eine Schallplatte usw. Bisher noch nicht belegt: Die Ankündigung einer Frau, sie pfeife sich heute nacht, wenn alles gutgehe, ihren Mann rein.

Vgl. auch dazu → einbringen und → einlassen.

Entsolidarisierung Beklagt der hessische Sozial- und Umweltminister Armin Clauss. Er warnte insbesondere vor »einem Prozeß der Entsolidarisierung zwischen Männern und Frauen, Jungen und Alten, Deutschen und Ausländern, Beschäftigten und Arbeitslosen«. Belangloser und dümmer hat sich wohl noch keiner in die Schlagzeilen der westdeutschen Presse gedrängt. Entsolidarisieren kann sich doch wohl nur, was bisher solidarisch zueinander stand, oder? Und wo dies bei o. g. Gruppen der Fall war, wird der Herr Minister selbst nicht so genau wissen. Macht auch nichts, nur immer kräftig die Schnauze aufreißen und rumschwätzen, Hauptsache, man steht mal wieder in der Zeitung und gibt sich dem trügerischen Schein hin, etwas für die Bevölkerung, oder besser: gegen deren Entsolidarisierung getan zu haben.

Entsorgung Das Wort ist bisher leider nur im Zusammenhang hübscher alleeartiger Parkanlagen bei der Kernkraftgewinnung populär geworden; schön wären auch Wortbildungen wie »Ausländerentsorgung« oder »Seniorenentsorgung« oder »Geldentsorgung«, die erst mal sehr schön und kalmierend klingen und sicher zur Not auch mit irgendwelchen Inhalten zu füllen wären; wenn's drauf ankommt.

Erklärungsmuster Von der Grünen Frau Dr. Vollmer gern gebrauchter Ausdruck, wohl eine Neuschöpfung des schlichten Wortes ›Erklärung‹ darstellend. Eigentlich nicht weiter erklärungsbedürftig.

Erlebnisbühne Gibt es in einem Frankfurter Kaufhaus. Nämlich als ein Podest, auf dem allerlei Freizeit-Geräte stehen. Die Umkehrung »Bühnenerlebnis« findet dagegen meist nur noch in einigen Provinz-Feuilletonredaktionen statt. In den besseren heißt es dagegen meist → »Intensität«.

Erlebnis-Shopping Verspricht das Warenhaus Hertie (»Ein gutes Stück neues Frankfurt«). Wir stellen uns gern das Erlebnis des beherzten Griffs nach dem Joghurtbecher vor, besser noch das Erlebnis des knallharten Kampfes um die letzte Unterhose zu DM 1,–, obwohl gerade dies im Zeichen des → Trading up in letzter Zeit weniger zu beobachten ist. So richtig erlebt man aber erst was, wenn man für den zusammengerafften Ramsch ordentlich abkassiert wird. Wie heißt es so richtig: »Hertie hat Ideen.«

Erlebniswelt u. a. »El Dorado. Hotel Erlebniswelt. Die neue Hoteldimension. First Class-Wohnen mit individuellem Pleasure Flair. Sunshine. Fitness. Sportdorado. Der Sport und die Freiheit. Sport Check up, Cyclothek, Multiroomsauna, Relaxing Corner, Tropen Flair. Body Luxus. Der Cocktail aus Palmen und Wasser: Tropic Garden, Tropenpools, Palmeninseln. Gaumenfestival... Das Après Business Programm: Superb das Park Royal. Pyramidenbummel. Pool-Bar. Showfloor. Hot-Hour.«
Anzeige eines Wiener Hotels in der ›Neuen Zürcher Zeitung‹ 26. 11. 1983; aufgefunden von und zitiert nach Robert Gernhardt, ›Titanic‹ 1/84. Der Fund sprengt freilich fast den Rahmen dieses Buchs. Ein dem unseren analoges Buchprojekt »Dumm-International« sollte baldigst ins Auge gefaßt werden.

Erwachsenenbildner Solche gibt es vor allem im Volkshochschul- und überhaupt Erwachsenenbildungsbereich. Vom einfachen »Lehrer« unterscheiden sie sich durch das spezifisch Bildnerische, das diesen meist gutgewachsenen Menschheitshelfern sichtbar anhaftet.

Erwartungshorizont Hansi Müller (FC Como, früher VfB Stuttgart) blieb es vorbehalten, hierzu und anläßlich der akuten Übersiedelungsprobleme Rummenigges nach Italien den allerschönsten Satz zu basteln: »Wie mir Kalle selbst gesagt hat, ist er sich vollends im klaren darüber, daß wahnsinnig viel auf ihn zukommt vom Erwartungshorizont her, daß er ein Spieler ist, der knallhart an seinen Erfolgen gemessen wird.«
Zitiert nach ›Bild‹ vom 3. 4. 84 – und im übrigen ist H. Müller ein Spieler, der wo einst Deutschabitur gemacht haben tut knallhart.

Exponat Vermutlich DDR-beheimatetes Dummdeutsch mit jenem Flair von Design, das die Aura hinterm eisernen Vorhang des Ofens hervorlocken soll.

Faschistisch Der Schwerbegriff hat sich in den letzten Jahrzehnten zielstrebig zu dem Blindgänger hochgedient, den sein Widerpart, das meist DDR-beheimatete → Antifaschistische, schon seit dem »antifaschistischen Schutzwall« (DDR-Deutsch für DDR-Mauer) vorstellt. Als Reiz- und Imponiervokabel wohnt dem »Faschismus« nach wie vor erstaunliche Kraft inne, ja eine sich vielleicht sogar mehrende – was z. B. der Erfolg eines Buches wie der Theweleitschen ›Männerphantasien‹ vermuten läßt. Der allzeit drohend gehobene faschistische Zeigefinger im Verein mit dem Glückversprechen chimärischer Schweinigeleien – da wird sogar der alte ›Spiegel‹-Augstein mit einer Großrezension nochmals munter.

Fetzig War früher v. a. Rockmusik. Heute ist es auch Beethoven. Der nämlich »fetzt voll rein«. Was das Fetzende sei, ist schwer zu sagen. Am ehesten so: was → Flippiges, aber mit jenem affengeil → Ätzenden versetzt, welches eben so rattenscharf heavy zu sagen ist.

Flippig Ursprünglich Scene- und Disco-Deutsch und lange Zeit meist in den Verb-Versionen »flippen«, »ausflippen«, »rumflippen« bekannt; später auch in den Formationen »Flippi« (in etwa identisch mit »Freak») und »Flipperfraktion« geläufig und mit einem gewissen, nicht unpräzisen politischen → Stellenwert versehen. Nachdem aber heute jede durchgedrehte Hausfrau und jeder knallköpfige Schlaffi sich als »flippig« versteht und ehrt, bedeutet das nicht unfarbige Wort heute schließlich und endlich auch gar nichts mehr.

Finden, Erfinden usw. Hier handelt es sich um einen späten wehen Nachklang zu Adornos »Jargon der Eigentlichkeit«, nämlich um einen besonders gepflegten und krisenfesten Feinsinn inmitten der machtgepolsterten Innerlichkeit. »Finden und Erfinden – Erzählungen von Erzählen«, so lautet die Aufschrift z. B. eines Plakats, auf dem Peter Härtling Anfang 1984 besonders feinmimisch und auch merkwürdig verschlankt auf Frankfurt hinausschaute, um eine gleichnamige Vorlesungsreihe zu annoncieren.

Fit-Club Der »Fit-Club« innerhalb des Reiseunternehmens ›DER‹ ist ein Club, der u. a. »Fit-Club-Fahren« managt und überhaupt nicht ganz dicht ist.

Fitness Für die Fitness sind, meist in Anzeigenserien, u. a. Walter Scheel, Mildred Scheel, Anneliese Rothenberger, Peter Hofmann und Hans Rosenthal. Gegen sie sind nach meiner Schätzung noch ca. 4000 Deutsche. Ehre ihrem Angedenken. Eine ZDF-Sendung 1982 betitelte sich »Alter schützt vor Fitness nicht« – und es ist nicht bekannt, daß der Titelerfinder für diese moralische Aufrüstung hinter Kerkermauern landete. »Der größte Fitnessbrocken aller Zeiten« war laut Sidne Rome bis Sommer 1983 das Aerobic, wurde aber dann durch Stretching

abgelöst sowie durch Breakdance.
Vgl. auch → Erlebniswelt und → Trimm.

Fleurist Neudeutscher Euphemismus für den alten Blumentandler. Der »Fleuroingenieur« dürfte nicht mehr lange auf sich warten lassen. Warum aber nicht auf das von Jean Paul (im »Quintus Fixlein«) überlieferte »Blumist« zurückgreifen? Weil es ja auch nicht »Blumop« heißt. Sondern »Fleurop«.

Formfleisch Ist in der Tat eine Sauerei, nämlich ein aus Resten und Gekröse gepreßtes Stück, das vorgaukelt, ein Schnitzel o. ä. zu sein. Besonders gern verwenden feinfühlige Schlachter hierfür auch Känguruhfleisch, das in letzter Zeit immer wieder als »Wild« in den Handel kam. Achtung: Formfleisch ist immer paniert (damit es zusammenhält) und äußerst schnitt- und bißfreudig (weil nicht von Gott zusammengefügt).

Frauenkultur Die Frauenkultur ist das Gegenteil der allzeit schmutzigen ›Männerphantasien‹ (Theweleit), sie besteht aus Frauenliteratur, Frauenzeitungen, Frauengruppen und Frauenkneipen, und gültig auf den Begriff gebracht hat sie in ihrem Gedicht ›Endlich Frauenkultur‹ die Hamburger Frauenkulturschnepfe Svende Merian: »Laß uns die Männerwelt vergessen.« Nein, besser hätte es auch die Neu-Hamburger Frauenkulturhenne Angela Praesent (›neue Frau‹) nicht gackern können.

Freiflächenentwicklungsplan Einen solchen hat die Stadt Frankfurt erarbeiten lassen und als Broschüre veröffentlicht. Immerhin acht Jahre hat es gedauert, bis feststand, wohin die Stadt ihre Freiflächen gern entwickelt hätte, will sagen, wie die letzten unbebauten Plätze in der Stadt zu versauen seien. Wer die Betonier- und Plattenlegewut in Frankfurt kennt, wird sich nicht wundern, wenn aus den nun erkannten Freiflächen schon bald noch mehr abwaschbare Wallmann-Plätze geworden sind. Was dem deutschen Reihenhausbesitzer sein Verbundpflaster, ist dem Wallmann sein Pseudopflaster, das nun auch versiegelt wird, um den Damen den herben Verlust ihrer Stökkelabsätze zu ersparen. Einzig die Friedhöfe haben eine gewisse Überlebenschance.

Freiräume Gibt es vor allem in der → Kreativität. Dort sind die → Mechanismen des Markts, der Politik, der Religion, der Gesellschaft, des Kapitalismus usw. noch nicht so stark. Das

Bewußtsein ist noch nicht so »in Gettos kaserniert« (Johann Baptist Dumpfmoser). Und man kann sich also noch einbeziehen und oft sogar voll → einbringen. Und zwar nicht nur → kreativ, sondern auch → aktiv.

Freisetzung Dem Mitarbeiter steht es frei, seinen Hut zu nehmen. Andernfalls wird er vor die Tür gesetzt.

Freizeitecke Gibt es seit einiger Zeit an Schulen. Dient dem → Relaxen, dem geistigen → Trimmen und der allgemeinen → Frischwärts-Bewegung.

Freizeitland So heißen heute wahlweise gewisse Supermärkte oder aber Spielgelände für Infantile und Regressive. Dagegen wurde das angejahrte Museum kürzlich von ›Das illustrierte Wochenende‹ als neuer »Freizeit-Hit« ausgerufen.

Freizeitwert Haben heute u. a. Städte, Stadtteile und ganze Länder, vor allem Bayern. Freizeitwert hat irgendwie mit Freiheit, Freibier, → Lebensqualität, → Frischwärts und vor allem mit → Friedenssicherung und → knabberknackig zu tun.

Freßliegeboxen Ein besonders apartes – unter vielen – Beispielen aus dem Deutschneuschöpfungsinferno der Pharmaindustrie. In diesem Fall bezogen auf die wünschenswerte Profitmaximierung bei der Schweineaufzucht – mit Freßliegeboxen sind nämlich die Ferkel rentabler und rücksichtsloser auf ihren Naturzweck hinzukriegen; die kostensparende Produktivität unter Umgehung von Streßgefahren. Nachlesen kann man dies und vieles mehr genauer in der Zeitschrift ›Schweinewelt – Berichte und Informationen für die Schweinepraxis‹. Aufgespürt und mitgeteilt von Robert Gernhardt, zuerst in den »Deutschen Dokumenten« der ›Titanic‹, wiederabgedruckt in R.G., ›Letzte Ölung‹, 1984.

Frieden Abwesenheit von Krieg; Arbeitsfrieden: Abwesenheit von Streik; Betriebsfrieden: Abwesenheit von DKP-Mitgliedern; häuslicher Frieden: Abwesenheit der Alten; Friedensnobelpreis: Anwesenheit von jeder Menge Kohle; Friedenspfeife: Anwesenheit von Apachen und Komanchen; Friedensstörer: Anwesenheit von Störenfrieden.

Friedenspolitik Genaueres über diesen Schleim an Verschleierung aus der aktuellen Politik der 80er Jahre erfährt man z. B. in dem Sammelband ›Tatort Wort‹ (Weismann Ver-

lag, 1983) oder unter den Stichworten → Entsorgung, → Nachrüstung und → Nullösung.

Friedenspotential Dazu orakelt der Schauspieler Ronald »DummDumm« Reagan: »Das Friedenspotential sollte uns optimistisch stimmen, und laßt uns niemals, niemals davor zurückschrecken, miteinander zu sprechen.« (Laut ›FAZ‹ vom 25. September 1984.) Als ob gerade der Mann, der ganz Westeuropa mit Raketen vollstellen läßt, Interesse daran hätte, mit irgend jemand zu sprechen, geschweige denn, etwas für den Frieden zu tun.

Friedenssicherung Zur Friedenssicherung gibt es zahlreiche ausgezeichnete Wortbeiträge, der stärkste stammt aber wohl doch von Baden-Württembergs Kultusminister Mayer-Vorfelder: »Der utopische Charakter verschiedener Konzepte der Friedenssicherung sollte den realen sicherheitspolitischen Erfordernissen des internationalen Systems gegenübergestellt werden.«

Frischepack Der Frischepack der Fa. Van Nelle Halfzware enthält, wie zu erwarten, »echten Geschmack«.
Vgl. dazu auch unter → echt, → frischwärts, → knabberknackig, → ofenfrisch und → sahnefrisch.

Frischwärts Eine Wahnsinnsbewegung der mittleren siebziger Jahre, angeführt von dem gleichnamigen Werbeslogan zugunsten der Colagetränke. Man braucht nicht Theweleit zu hei-

ßen, um hinter der Frisch-Ideologie, ja Frisch-Metaphysik über die hausfrauliche Sauberkeits-Psychose hinaus latenten Faschismus zu wittern. Der sich z. B. 1982 zu dem sanften Massenwahn des Tchibo-gesteuerten Autoaufklebers »Alles frisch« entlatentisierte.
Die Frischwärts-Tollerei gibt es in Deutschland auch englisiert: als »Fresh-Lotion« etc.
Insgesamt hat der Frisch-Wahnsinn sicherlich auch damit zu tun, daß sich die Leute, wie man hört, heutzutage bis zu dreimal täglich waschen und duschen. Pfuiteufel.

Frisierkopf Bei diesem bildschönen Objekt handelt es sich um eine waschbare Plastikbirne mit Kunsthaar, an der kleine Mädchen lernen, daß der Dez vorwiegend zum Frisieren und Bemalen da ist.

Frühwarnsystem Der amerikanische Präsident ist, wie üblich, sehr früh aufgestanden. Da warnt ihn sein System, daß irgendwas Komisches im Anzug ist. Das hat er so intus. Es könnte ja auch eine Grippe sein. Also schnell ins Bett zurück, ehe er falschen Alarm gibt und den ganzen Haushalt unnötig in Aufruhr versetzt. Der Komet zischt vorbei. Na, das ist ja noch mal gutgegangen.

Frustrieren Die Frustration hatte ihre Gebrauchsklimax Ende der 60er Jahre und ist heute im Aussterben begriffen. Ein Wunder? War's doch zu frustrierend, daß seinerzeit etliche Hauptschullehrer das Wort in einem ihrer Bandwurmsätze 27mal verwendeten? Immerhin, der heute noch hin und wieder vernehmliche »Frust« ist wenigstens kürzer.

Funktionsgerecht Ist heute vor allem das Bauen, das Sanieren, das Gestalten, das Wälderabholzen, das Landschaftszerstören und vermutlich die Welt inklusive Mensch überhaupt; freilich aber auch etwas so Kleines und Rührendes wie das Baby beim Kacken: Vgl. dazu unter → Babyglück.

Fußgängerzone Freiwilliger massenpsychotischer Selbstmord der Städte. Vgl. auch → fußläufig.

Fußläufig Sind vor allem → Fußgängerzonen, nicht zuletzt die in Wuppertal erstellte: »Die Zone soll fußläufig werden.«

Gebietskörperschaft Was das ist, wissen wir auch nicht, klingt aber eklig, oder?

Geschenkcorner Belegt in Frankfurter Kaufhäusern der

frühen 80er Jahre und auch durch ein Kurzhörspiel von Gerhard Polt (›Im Kaufhauslift‹). »Presentcorner« ist dagegen offenbar noch zu viel verlangt – obwohl sich andererseits die »Präsentation«, im Volksmund genannt »Präsenteischn«, bereits auf breiter Front durchgesetzt hat.

Geschmacksverstärker Finden sich seit neustem in Thüringer Bratwürsten, wohl, um aus dem widerlichen Seim, der da in Plastikhüllen gepreßt wird, etwas halbwegs Eßbares zu machen. Wir warten nun auf die Intelligenzverstärker (für die Bundesregierung), auf Lebensverstärker (für Herrn Tschernenko), auf Lustverstärker (für Herrn Woytila) und auf das Sensibel-Verstärkerchen (für Peter Handke).

Gesundhaut Eine solche macht, deutschen Drogerien 1984 nach zu schließen, angeblich irgendeine Creme. Man beachte das hoch elegante Wortspiel mit »Gesundheit«!

Glattweg softig Ist die »Mode aus dem Land der Freizeit«, nämlich aus dem Hause Karstadt und für »Globetrotter«, nämlich: »Nappaleder erster Klasse, Globetrotters zweite Haut (. . .) Jeans mit Po-Pockets (. . .) Glattweg modisch.« »Softig«: ein Beispiel auch dafür, wie gewisse ehedem poetische Techniken des Wortspiels oder des Wortkoppelsinns (soft-saftig) in der Werbung nochmals auf den Hund kommen. Was der dazu abgebildete Nappaleder-Dressman, die Linke in der Po-Pocket, mit melancholisch-idiotischem Blick ins Leere bestätigt.

Großraumdekorations-Element
Natürlich hätte die renommierte Frankfurter Scherzartikel-Firma Sennelaub ihre zehn Meter langen Luftschlangen und Papierketten im Bavariamuster schlicht als solche anbieten können, aber wo bliebe beim Schaufenster-Betrachter dann der Eindruck von flughafenmaßstäblicher Prachtentfaltung, von weißblauem Sphärengeraschel und unauslotbaren Lustbarkeitsdimensionen, der ihn erst zum Käufer dieser Dinge macht? Das frage ich Sie!

Grundi Verharmlosender, eigentlich verwahrloster Soldatenausdruck für die militärische Grundausbildung. Nach der Grundi sind dann alle schlaffi, wollen nur noch saufi und wichsi, und sind schließlich so bekloppt, wie sie es verdient haben. Schön wird's erst wieder beim Schießi, wenn's Bluti aus dem Russi läuft. Das macht Spaß!

Handlungsbedarf Gern gebrauchter Politiker-Schmock, bestens geeignet, persönliche Unfähigkeit, oder schlicht: Dummheit, zu kaschieren. »In diesem Punkt erkennt die Bundesregierung keinen Handlungsbedarf« (Genscher), will sagen: Wir sind allemal zu blöd oder zu faul, um a) die Lage zu erkennen, b) entsprechend zu reagieren, c) erkennen wir nicht, was für uns dabei herausspringt, d) hat der Kanzler es noch nicht kapiert, e) handeln wir sowieso höchst ungern, und wenn, dann erst, wenn wir Bedarf daran erkennen. Diese Art von Erkenntnistheorie sichert Herrn Genscher und seiner Regierung seit drei Jahren das Überleben, aber wer kann schon ewig leben?

Handlungsspielraum Eigentlich könnte das schlanke Wort von Genscher erfunden worden sein. Andererseits: Sich einen im Raum spielenden Genscher vorzustellen? ... Nein, dann schon lieber ... Kiesinger. Oder Barzel!

Head-Hunter Der Head-Hunter ist eine Zentralfigur der → Medienlandschaft, nämlich ein Insider, der so sehr Head ist, daß er aufgrund seiner Connections und seines Budgets es sich leisten kann, für andere den Head zu hunten, jenen, der dann im Marketing- oder im Merchandisebereich oder aber in Sachen Sales-Promotion die → Brainstormings leitet und überwacht.
Der Erfolg und die Lebensfreude des Head-Hunters gründen darin, daß die Heads gut einschlagen. So wie etwa jener Peter Koch vom ›stern‹, der 1983 gleich die ganze Hitler- und Zeitgeschichte neu geschrieben haben wollte. Worauf dieser Head zum Teufel gehunted wurde.

Hektigkeit Stammt natürlich aus dem Mund unseres Kanzlers und wurde vom ›Spiegel‹ (33/1984) überliefert. Unser Kanzler wollte damit wohl ausdrücken, daß ausgerechnet ihm, dem anerkannt größten »Aussitzer« im Bonner Stall, der dortige Alltag und das dauernde Rumreisen ein Gefühl der »Hektigkeit« gibt. Was angesichts des mangelnden → Handlungsbedarfs und der vielen → Männerfreundschaften keinen mehr wundert.

Heranziehung Ein Glanzstück an bestialischem, nein, verkehrt: hochmenschlichem Bürokratendeutsch leistete sich im Vorjahr der Parlamentarische Staatssekretär im CDU-Verteidigungsministerium, Peter-Kurt Würzbach, als er die infamen Tierversuche innerhalb der Bundeswehr u. a. so charakterisierte: »Versuche zur Entwicklung eines kugelsicheren Körperschutzes unter Heranziehung von Versuchstieren« (Der Spiegel 15/84). Ein wahrhaft, so Würzbach, sehr → »sensibles Thema«. Dagegen wird die Steuer gern »hintangezogen«. Und zwar kugelsicher.

Ein Herz für Kinder Haben angeblich die Deutschen. Ganz besonders aber die, die 1) die ›Bild‹-Zeitung lesen, und 2) deren superdummen Aufkleber sich ans Auto kleben, und zu Hause weiterhin heftig und regelmäßig ihre Kinder verprügeln, einsperren, totschlagen. Ein moderner Ablaßzettel, von der ›Bild‹-Zeitung, und mit freundlicher Unterstützung der Bundesregierung.

Hinterfragen Hinterfragt wird heute z. B. das Atlantische Bündnis, der Marxismus sowie der hinterletzte Unsinn. Dieser vor allem.

Hörverstehen Siehe auch → Dichtungssprechen. Und gemeint ist ganz evident die simultane Konkordanz synchronen Zuhörens und möglichst noch Kapierens bei der Gesamtrezeption. Besonders beliebt ist Hörverstehen in der pädagogischen Literatur und als Lernziel der hessischen Rahmenrichtlinien. Oder was.

Ideenproduktion Ramschvokabel aus der Nebelwelt der Zeitungsredaktionen, Werbeagenturen und PR-Gaunereien. Zentrum der Ideenproduktion ist das → Brainstorming, wo alle Mann hoch beieinandersitzen und von Platons Ideenlehre wie von Hegels Idealismus trotzdem keine Ahnung haben. Gott sei Dank.

In Amerikanismus, der die letzten Jahre über Gott sei Dank wieder nachließ. Nicht ohne Ende der 70er Jahre noch ein paar Highlights aufs Parkett zu zaubern. Nicht so sehr das »In-Sein«, das partiell von »Sache-Sein« abgelöst wurde, ist es, was uns heute noch nervt. Sondern aus den alten »Sit in« und »Teach in« reiften Mysterien wie »Drive in« und »Drop in« und schließlich in einem Frankfurter Nudelgeschäft auch → »Teig in«. So wächst sich doch noch fast jeder Schmarrn zum puren Segen aus.

Infrastruktur Bedeutet so gut wie nichts. Wird deshalb seit ca. 1965 gern von Wirtschaftsspre-

chern benutzt, vor allem aus fortschrittlichen Kreisen der SPD; meist in Form von »Strukturpolitik« oder eben, noch einen Tick nichtiger, von »Infrastrukturpolitik«.
Dagegen läßt die CDU/CSU meist lieber die Finger davon. Man weiß da nichts Genaues, und die Sache scheint anstrengend zu sein; vor allem, wenn es um die »Verbesserung der Infrastruktur« geht.

Innovation Plötzlich und kaum mehr abweisbar war auch dieses Wort da. Nicht mehr ganz zu ergründeln, ob es ein Architekt, ein Hochglanzdesigner oder ein allgemeiner Schwerfortschrittskulturschwätzer war, der es zu verantworten hat. Macht und Einfluß des Wortes neigen sich aber schon wieder zum Verweslichen hin. R.i.P.

Intensität Sehr langlebiger Nachzügler aus dem Sumpfbereich von Adornos ›Jargon der Eigentlichkeit‹. Noch immer hört man die Intensität aus den Mündern radikaler Theaterregisseure und leicht zurückgebliebener Provinzfeuilletonisten – leicht bedroht neuerdings freilich von der »Präsenz«.
Die Intensität muß etwas äußerst Intensives an sich haben. Dabei ist »Eindrücklichkeit« immerhin zwei Etagen weniger töricht. Besonders schlau ist freilich auch sie wiederum nicht. Aber wo.

Interessengruppe Wird so dit und dat genannt. Dahinter steckt aber immer das Kapital oder die »Zone«, je nachdem, ob man die ›Rote Fahne‹ oder ›Bild‹ liest.

Intimbereich Gibt es seltsamerweise nur bei Damen (Frauen). Siehe unter → Sicherheitszone.

Irgendwie Zwar suggeriert Hans Pleschinski in seinem Roman ›Gabi Lenz‹ (1984), die dauernde Verwendung der Vokabel »irgendwie« sei irgendwie eine spezifische geistige Schrumpfleistung der Post-No-Future-Generation und überhaupt der beginnenden 80er Jahre. Indessen, Spuren verweisen irgendwie auch ins Reich derer von der Neuen Sensibilität – sowie auch ins zeitlos Dümmliche. Irgendwo.

Kaputt In den späten 70er Jahren reifte das Eingeständnis, »kaputt« zu sein, zum dröhnenden Qualitätsnachweis. Und nicht zuletzt zur erotischen Attraktion. Vom Schreiber dieser Zeilen persönlich belauscht wurde im Münchner Café Capri der stundenlange Sermon eines Jungschlaffi, der eine blonde Tussi mit dem Nachweis aufzureißen versuchte, wenn schon nicht er, so doch immerhin sein Freund sei »unheimlich kaputt«. Wozu die Augen der Tussi immer runder und sensitiver wurden – ich hoffe, die zwei leben heute kerngesund in Indien.

Karnevalskollektiv Prachtexemplar von einem wahrhaft ausgeflippten DDR-Deutsch. Nach einem Bericht der ›Süddeutschen Zeitung‹ (3. 3. 1984) »verbreiten in der DDR 750 Karnevalskollektive an drei tollen Tagen Jubel, Trubel, Heiterkeit«. Ach, wer da mitfeiern könnte.

kaum ein ... Entweder ist der Schreiber eines solchen Satzanfangs aufrichtig falsch informiert oder er ist zu bequem, um nachzusehen. Kaum ein Dichter, Boxer, Rinderbraten, Gangster, Präsident und Rennsportwagen, kaum ein Liebespaar, kaum ein Schäferhund hat unsere Aufmerksamkeit mehr gefesselt, unsere Sinne tiefer aufgewühlt, unser Jahrhundert nachdrücklicher geprägt. Ja denkste! Dutzende andere auch. Aber die verraten wir nicht.

Kausalnektisch Ein besonders neckischer Begriff aus dem neueren deutschen Wissenschaftsjargon. Häufig auch in Form von »Kausalkonnex« oder »Kausalnexus«. Das Wort will uns sagen, daß im Sinne Clemens Brentanos alles → irgendwie und irgendwo miteinander zusammenhängt. Vgl. auch das verwandte → Syndrom.

Kirchenladen Vormals Jeans World, vormals Type Center, vormals Jungdemokraten, vormals Töpferstudio, vormals Tea Shop, vormals Bräustübel. Schlecht besucht wie alle Vorgänger und hoffentlich auch bald wieder weg vom Fenster.

Kitchenette Soll ab sofort zur guten alten Küche gesagt werden. Was ungefähr so einleuchtend ist wie Carport für Garage, Nagelstudio für Fußpflege oder Reciever für Radio. Ein Herr Riemann aus Bonn hat in der ›FAZ‹ vorgemacht, wie so etwas eskalieren kann: »Altersheim – Altenheim – Seniorenheim – Altenwohnstift – Seniorenresidenz.« Warten wir also gefaßt auf die Mercedesresidenz oder den Porschepool. Analog zur Kitchenette bietet sich fürs Schlafzimmer vielleicht »Dreamland« oder fürs Clo »Fäko-Studio« an.

Knabberknackig Sind seit mindestens 1983 z. B. Kartoffelchips. Im genauen Unterschied zu »knabberfrisch« und zum

»funny-frisch« der Erdnußchips, welche ihrerseits der allgemeinen → Frischwärts-Bewegung angehören, die noch im gleichen Jahr mit dem Auto-Aufkleber »Alles frisch« ihren vorläufigen Höhepunkt fand.

Knusperknackig Gleichfalls ein Begriff aus der Kartoffelchips-Werbung. Nicht zu verwechseln mit »knabberfrisch« bzw. → »knabberknackig«, nein, gar nicht zu verwechseln.

Kohl, Helmut Soll nicht unerwähnt bleiben, ist er es doch, der unsere Sammlung auf unvergleichliche Weise bereichert hat. Das »pfälzische Gesamtkunstwerk« (Joschka Fischer) gilt zu Recht als nicht nachlassender Lieferant alles Dummdeutschen. Wer so früh begann . . . Gerne denken wir zurück an »in diesem unserem Land«, verzückt suchen wir die »Spur einer Nuance«, immer stellen wir die Löffel auf, wenn sein »lassen Sie mich das einmal in aller Deutlichkeit sagen« ertönt, und dann ein nicht enden wollender Summs bester dummdeutscher Sprüche uns befeuchtet. Und wie recht hatte schon Ambrose Bierce: »Ein bekanntes Küchengemüse, etwa so groß und klug wie ein menschlicher Kopf«! (vgl. → Hektigkeit).

Kommunikation Ein, ja *das* Zauberwort der siebziger Jahre und anscheinend der trübe Rest dessen, was von der christlichen Kommunion und vom sozialistischen Kommunismus verblieben ist: im wesentlichen also das Kabelfernsehen.
Siehe auch unter Stichworten → Du, → Medienlandschaft, → Sinnproduzenten, → Kreativität, → Verständigung und → Ideenproduktion.

Komplexitätserziehung Exemplarische Schwervokabel aus dem neueren Pädagogendeutsch – und ein Prachtexemplar dazu. Die dazugehörigen Sätze lauten z. B.: »Je dichter die Vernetzung von Systemzusammenhängen wird, desto mehr wird Komplexitätserziehung zum Kern der Bildungsanforderungen« (›Die höhere Schule‹ 8/81). Gemeint ist wahrscheinlich das alte Humboldtsche Universalbildungsideal, und verbessern ließe sich die Bauernregel vielleicht so: »Je vernetzter die Stringenz von Syndromen, desto nuklearzentraler die Komplexität des Wrrdlbrmpfd.«

Kontext Aus dem pädagogischen Leben weiß Uwe Pörksen in der ›Frankfurter Allgemeinen‹ vom 13. Juni 1984 ein schönes Stück Dummdeutsch: »Die verwendeten kontextfreien Regeln können als Sonderform kontextabhängiger oder kontextsensitiver (context sensitive CS gegen context free CF) Regeln angesehen werden, bei denen der Kontext gleich Null ist.« Soviel zum Zustand unserer Linguistik.

Kreatives Kochen Bietet der Laden ›Lorey‹ (»Seit 1796«) in einem Vierwochenkurs an. Wir können lediglich zitieren:

1. Woche: Brat- und Brutzelschau oder ... für knusperbraune Brat- und Brutzelgeheimnisse
2. Woche: Profi-Kochen im Trend unserer Zeit oder ... Chefköchen in den Topf geguckt
3. Woche: Aus dem Topf geplaudert oder ... weil Liebe auch durch den Kochtopf geht
4. Woche: Schnelles Kochen oder ... schlagen Sie den Vitaminkillern ein Schnippchen!

Wir schlagen lieber den Kalorienkillern ein Schnitzelchen um die Ohren, spucken in die Töpfe, und statt brutzeln bevorzugen wir noch immer knispeln, vgl. → Bumsen.

Kreativität Ein seit gut zehn Jahren faselndes Laberwort vor dem Hintergrund einer zunehmend schwelenden kollektiven Geisteskrankheit (vgl. z. B. auch → Phantasie und sich → Einbringen). Die Sinnverlustigkeiten des Lebens machen sich da bemerkbar samt dem Telosschwund und dem Verlust der Mitte sowieso – wahrscheinlich aber vor allem stupide Geltungssucht: »Keine Sau will mehr rühmen, jedes noch so dumme Schwein möchte berühmt werden« (Robert Gernhardt, ›Glück Glanz Ruhm‹, 1983). Und deshalb ist Kreativität etwas, »wovon heute Zahnärzte, Grüne, Surfer oder Keramiker träumen« (Reinhard Baumgart, ›Die Zeit‹ 25/1984).
»Auch Sie können kreativ schreiben«, garantiert 1984 die Anzeige eines rororo-Büchleins; das man zur Verfolgung dieses Ziels allerdings garantiert nicht lesen sollte.

Krebsatlas Nach dem Weltatlas, dem Käse-Atlas, dem Burgen- und Weinatlas, den Atlanten für Sportler und Schmecklecker nun ein Nachschlagwerk für Krebserreger, herausgegeben vom Bundesministerium für Forschung und Technik, in dem Teile der Republik nach der Häufigkeit auftretender Krebserkrankungen markiert sind. Interessant dabei: In der Nähe der übelsten Dreckschleudern gibt es nicht mehr Lungenkrebskranke als im dicksten Wald (s. auch Hochschornsteinpolitik / neuartige Waldschäden). Rätsel gibt der Schilddrüsenkrebs auf, der südlich der Mainlinie besonders aktiv ist, während der Prostatakrebs im Osten seltener auftritt als im Westen. Alles in allem: Krebserreger dürfen sich in ganz Deutschland wohl fühlen. Der Krebsatlas weist die schönsten Routen, die lohnendsten Ziele.

Kritisch 200 Jahre nach Kant und 50 Jahre nach dem Emporkommen der »Kritischen Theorie« Frankfurter Prägung meint heute »kritisch« meist nichts als mehr oder weniger »laut«, »naseweis« und »aufdringlich«. Bzw. »geisthaberisch«. Und nicht zuletzt »g'schaftlhuberisch«. Respektive »engagiert«. D. h. »nicht ganz dicht«. Mit einem Wort: »kritisch« eben.

Krusta Heißt laut ›stern‹ die Pizza in der Deutschen Demokratischen Republik. Womit klar wäre, wohin unsere Pizzabäcker die harten Ränder unserer Pizza schicken, wenn wir sie nicht aufessen, und außerdem klar ist, warum unsere Brüder und Schwestern immer so hart aus der Wäsche gucken. Wir sind äußerst gespannt auf die DDR-Wiedergabe für »Viertelpfünder«, »McRib« und »Milkshake«. Etwa: »Zweiachtelboulettenröstbrot«, »Rippengeformter Imbiß« und »Kuhmilchgeschütteltes«...?

Kuchenretter Ja, da dürfen wir zu Recht gespannt sein, was das nun schon wieder ist. Ein Pulver, das selbst den schlappsten Pfannekuchen zu Cremetortenformat aufgehen läßt? Ein unverhoffter Besuch, der den Rest Frankfurter Kranz wegputzt, ehe er schimmelig wird? Falsch. Es handelt sich um einen Tischtennisschläger aus Plastik vom Umfang eines Tortenbodens, mit dem angeblich auch das klebrigste und schwärzeste Gebäck aus der Form befreit werden kann. Wie das Opfer danach aussieht, ja, ob die Rettung überhaupt lohnte, hat der Konditor mit seinem Gerät alleine auszumachen.

Kundeninformation Das Gas wird schon wieder teurer.

Kuren Kuren, ähnlich wie »urlauben«, ist nicht nur eine nagelneue dummdeutsche Tätigkeit, sondern es gibt jetzt sogar schon eine gleichnamige Zeitschrift. Kostet 7 Mark 80.

Kuschelweich Kuschelweich wird heute das Leben durch ein ganz bestimmtes Waschmittel. Anschließend beginnen die → Knusperknackigkeit und die → Knabberknackigkeit. Sowie überhaupt die »Knabberfreudigkeit« (vgl. Gerhard Polt, ›Leberkäs Hawaii‹). Des Lebens wie der Liebe.

Lebensbausteine Braucht der Mensch, und reibt sich folglich morgens die Nuß-Nougat-Pampe »Nutella« aufs Brötchen, die eben nicht nur Nuß und Nougat enthält, sondern auch jede Menge Lebensbausteine, wie die Firma Nutella mitteilt.

Lebensqualität Dieses Monstrum wurde ca. 1970 von der SPD neu entdeckt und im besonderen von Willy Brandt empfohlen. So glaubwürdig dieser Wein, Weib und Gesang zugeneigte Protagonist – so wenig überzeugend die Lebensqualität der Asketiker Schmidt und Wehner. Kein Wunder, daß es in der Trias zum Knatsch kommen mußte. Eine besonders dumpfe

Dreistigkeit leistete sich in diesem → vitalisierten Qualitätszusammenhang 1984 eine Großanzeige des Bundesverbands deutscher Banken: »Die Bürger sind wieder optimistischer geworden. Durch besseres Lebensgefühl zur besseren Lebensqualität.« Der Teufel soll sie alle holen. Banken und Bürger zusammen.

Leger-Hose Selbstverständlich gibt es auch die Steher- und die Sitzer-Hose, jene aber nicht mit der markanten Arschfalte und dem Druckknopfverschluß in den dynamischen Freizeitfarben Sand und Schlamm.

Leistungsträger Seit etwa 1980 eine Stammvokabel aus dem Fußball-Reporterdeutsch. Gemeint sind, im Unterschied zum »Wasserträger« (Wimmer, Dremmler u. a.), z. B. Beckenbauer, Magath und Bernd Nikkel. Sofern man das Tragen als Arbeit versteht, käme beim Leistungsträger in etwa der Leistungsarbeiter heraus. Haut irgendwie physikalisch nicht hin.

Lernprozeß Wer das saudumme Wort erfunden hat, weiß heute niemand mehr. Brecht war es jedenfalls nicht. Sondern wahrscheinlich ein Lehrer. Oder mindestens ein Pädagoge.
Der »Lernprozeß« meint nichts anderes als »Lernen«. Verwandt sind ihm gesinnungsmäßig das → Problembewußtsein, das → Umweltbewußtsein und der → Denkanstoß.

Liebesurlaub Eine Erfindung der ›Bild‹-Zeitung. Das schon festgebräuchliche Compositum meint, daß sich Charles und Lady Di oder aber irgendein anderer Queen-Sohn irgendwo auf einer Insel herumtreiben und dabei – nach aller mutmaßlichen Lagebeurteilung durch ›Bild‹ – das Vögeln nicht vergessen sollen.
Freilich, wenig spräche deshalb gegen die Einführung analoger Mixta composita: Liebeswochenende, Liebeswetter, Liebeshaus – und Liebeslottozahlen wären die, die einem Ehepaar nach dem Knispeln einfallen. Real ist aber immerhin auch schon die »Liebesinsel« der ›Bild‹-Zeitung von 1983. Auf dieser treibt sich nicht nur der englische Prinz herum, sondern auch der frisch verheiratete Greis Herbert Wehner. Hut ab, meine Damen und Herren aus Springers Wortküche! Gemeiner kann man den Witz partout nicht mehr sagen.

Live-Erlebnis Ein Live-Erlebnis, also tatsächlich ein lebendiges Erlebnis, vermittelt tatsächlich das Compact-disc-digital-audio-Gerät der Fa. Sony's Digital laut Reklame z. B. im ›Spiegel‹ 13/84. Daß ausgerechnet dieser → Mixed-media-Affenkasten ein so ein Live-Live-Dings zuläßt – ist es nicht wunderbar?

Locker, flockig, cool Sind, laut Eigenwerbung, allzeit die Teilnehmer der ›Transalpin‹-Eisenbahnreisen. Mit anderen Worten: nicht ganz dicht.

Lustspielactrice Nr. 1 Eine Wortschöpfung aus dem Feuilleton der ›Frankfurter Rundschau‹, die wir uns in drei Abteilungen ansehen wollen. In der ersten deutet uns der Rezensent mit bübischem Augenzwinkern an, daß es sich bei dem Werk nicht um eine Komödie handelt, sondern um einen von diesen »Filmen«, in denen sich die Frauen dauernd ausziehen. Actrice heißt Schauspielerin auf französisch, aber daß die nicht die Emilia Galotti spielen – huhu – olala – das weiß wohl jeder. Als Nr. 1 rangiert sie schließlich vor all den anderen kapitalen Häsinnen, die der Herr Redakteur auch noch kennt, quasi als Spitzenvertreterin in Sachen Schweinkram. Lautmalerisch interessant, wie nach dem genuschelten, halb fremdländischen, Pikanterie verheißenden Hauptwort mit nahezu militärischer Strenge die Zahlenbeifügung fällt. Vielleicht will uns der Schreiber damit andeuten, daß er französischen Esprit mit deutscher Fabulierlust und preußischer Gründlichkeit zu verbinden weiß. Dies ist ihm gelungen. Chapeau!

Mannesanwartschaft Erfinder dieser Köstlichkeit ist unser kleiner Dummer aus Rüsselsheim, vulgo der Herr Bundesarbeitsminister Norbert Blüm. Entgegen den Vermutungen unserer Leserschaft handelt es sich nicht um einen Zustand präpubertärer Zappeligkeit, oder gar eine Beschreibung des Ministers selbst, sondern um einen »Fachausdruck« zur geplanten Rentenreform. (Vgl. → Doppelrentnerin).

Männerfreundschaften Pflegt unser Kanzler. Mit Franz Josef Strauß zum Beispiel. Und faßt in aller Öffentlichkeit Herrn Mitterrand minutenlang ans Händchen. Das ist also die Wende.

-mäßig An sich gar kein Dummdeutsch, aber durch absurde Verwendung in den letzten Jahren zum Dummdeutschen geadelt. Beispiele: »Also, du, rein gefühlsmäßig bin ich nicht so gut drauf heute, du.« Oder: »Erholungsmäßig war der Urlaub nix« and so on. Wo früher das direkte Wort reichte, muß heutzutage eine Verbindung her, die den reinen Schwachsinn gebiert: »sprachmäßig«, »geschmacksmäßig«, noch besser: »rein sexmäßig«. Wir finden das mäßig.

Marketing Ursprünglich Eingeweihten-Deutsch aus dem Bereich Werbung und Public Relations; nämlich für die Gesamtheit der Maßnahmen, die alle betrieblichen Funktionen auf den Absatz, auf den Markt und auf den Kunden abrichtet. Mittlerweile ist der Begriff so zum allgemeinen Schrott-Deutsch verkommen – daß sich vornehmere Bereiche der Werbebranche mit der Innovation »Merchandising« schadlos halten.

Mechanismen Kommen meist als Druckmechanismen vor. Oder zumindest als gesellschaftliche Mechanismen. Aller Art. Mechanismen sind so gut wie nie im Singular, fast immer im Plural gebräuchlich. Wahrscheinlich deshalb, weil die Mechanismen in unserer pluralistischen Zeit immer so pluralistisch sind.

Medienlandschaft Diese, hin und wieder auch als »Medienszene« anzutreffen, reicht meist von Flensburg bis Garmisch und wurde in den letzten Jahren durch den Zustoß von Video und Kabelfernsehen noch reichhaltiger und ausgewogener zugleich. Die Spitze des Eisbergs bildet das Fernsehen, für die landschaftliche Ausgewogenheit sorgt der Rundfunk, der Fluß der Informationen haut einen jeden Tag nieder, und für den Sumpf steht weiterhin ›Bild‹ gerade.

Medienzukunft Diese wurde spätestens anläßlich der Einweihungsfeierlichkeiten des Kabelfernsehens mit eben diesem Wort vom ZDF eingeführt und sollte uns alle ab sofort sehr interessieren.

Mehrzweckhalle Schon früher wurden Hallen oft für mehrere Zwecke genutzt. Erst seit etwa 20 Jahren tragen sie den ästhetisch reizvollen Namen: Mehrzweckhalle.
Ob das dahinterstehende Denken mehr auf die CDU zurückgeht oder auf die SPD: Man weiß es nicht und wird es nie erfahren.

Minitarif »Supergünstig zum Minitarif« fährt z. B. laut Eigenwerbung die ›TT-Saga-Schiffahrtslinie‹. Ähnlich ist häufig die Rede von »Minipreisen«, so z. B. bei der bekannten Teppichbodenfirma ›ARO‹, welche diese Minipreise symbolisch durch einen Daumen darstellt, welcher ein Markstück zusammenquetscht. Was natürlich auch so verstanden werden kann, daß ›ARO‹ das Geld kaputtmacht. Überhaupt geht zwischen Minikrampf und Maxiquatsch heutzutage einiges durcheinander.

Minuswachstum Ein Mann, der sich morgens vor dem Spiegel die Bartstoppeln mit dem Hammer durch die Backen treibt und von innen abkaut.

Mixed-media Bedeutete ursprünglich, daß zu Popmusik auch noch Lichteffekte kommen müssen, damit die Musik erträglicher werde. Inzwischen hat die Mixed-Media-Idee allerdings unverhofft universelle Geltung erlangt: In den Kaffeeläden verkaufen sie Bücher und Lampenschirme, in den Buchläden Videofilme und in den Tankstellen neben Südfrüchten, Sitzkissen und Gartenstühlen vor allem Alkohol. Woraus man schließen kann, daß die Mixed-Media-Idee stark mit der älteren der coincidentia oppositorum korreliert, vulgo: mit dem Auf und Nieder des Lebens selbst, untereinander übereinander . . .

Möbelbibliothek Eine solche besitzt das Möbelhaus ›Wohnwelt 2000‹. Wer eine mit viel Liebe und Sachverstand zusammengetragene Büchersammlung über Möbel erwartet, wird bitterlich enttäuscht. Was ›Wohnwelt 2000‹ als Weltneuheit anpreist, ist nichts anderes als der gute alte Auskunftsschalter, an dem man auch Prospekte kriegt. Vgl. → Cafeteria.

Möbelix Früher ›der Wohnbär‹, lebensgroße Plüschfigur der Fa. Ströher, die in ihren Möbelprospekten zwei hingerissenen Spießern die Einbauküche »Grindelwald« verkauft. Greifbares Zeugnis für die wüste Leere im Kopf der zuständigen Werber, denen nicht einmal ein zwanzig Jahre alter Witz zu müffelig zum Weiterverbrauch ist.

Möbelriese s. auch Möbelcity, s. auch Wohnwelt, s. auch Möbelparadies, s. auch Schnitzelparadies. Beim Probewohnen am Wochenende dürfen Kunden es sich riesig gemütlich machen. (Schlappen nicht vergessen!)

Moment-Sofa Ein Sofa der Möbelfirma ›Ikea‹ aus Schweden. Ein Sofa also, auf dem man aber auch wirklich nur einen Moment lang sitzen möchte. Im nächsten Moment explodiert es nämlich. Vor Gräuslichkeit.

Motivation Der soziologische Allerweltsbegriff wurde ca. 1980, nachdem er ihn ca. 1979 kapiert hatte, durch den Fußballer Paul Breitner populär gemacht, seither verwenden ihn auch Spitzenkräfte wie der Torwart Schumacher und sogar der ehemalige Libero Beckenbauer. »Motiviert sein« heißt: zusätzliches Geld zu erhoffen, erwarten, gewärtigen haben – und deshalb vielleicht eine Idee regsamer über den Rasen zu trotten.
Bei der Winter-Olympiade 1984 erfuhr man aus Reportermund auch vom Gegenteil. Unsere Bobfahrer hätten deshalb nichts ausgerichtet, weil sie »demotiviert« gewesen seien.
Der »Motivationsentzug« von Jürgen Habermas hat dagegen wieder mehr mit dem → Sinndefizit zu tun; was, das wissen wir hier jetzt auch nicht so genau.

Multifunktions-System »Mit unserem Multifunktions-System können dynamische Manager leicht einen Schritt zulegen.« (Philips Kommunikations Industrie AG, Anzeigenserie z. B. in ›Spiegel‹ 7/84). Und das heißt genau: »Office Micro Systeme, Dialogsysteme, Multifunktionssysteme, Textsysteme, Btx-Editier- und Textsysteme, Bankterminalsysteme, Anwendersoftware, Dienstleistungen.« Undsoweiter undsofort.

Nachrüstung Das Gegenteil der → Nullösung. Ersetzte 1983 definitiv die Aufrüstung, die uns seit 1945 so → betroffen macht.

Neuartige Waldschäden Alter Nadelfilz, von dem der Innenminister zuversichtlich hofft, er werde auch ohne sein Einschreiten das Sterben nachlassen. Neuartige Wasser- und Bodenschäden werden nicht vor 1989 in Betracht gezogen.

Niveauvoll Nachzuweisen ebenso im ›Spiegel‹ (49/82) wie vor allem im Zusammenhang mit Partnerwünschen bei zahllosen ›FAZ‹- und ›Zeit‹-Heiratsanzeigen-Schreibern. Da »Niveau« nun mal »Höhe« bedeutet, hat man es also mit nichts geringerem als mit »Höhenvollen« zu tun, kurz: mit Höhenräuschen, von denen sich nicht mal der Kraxler Messner träumen läßt.
Verwandt ist dem Niveauvollen der Unsinn des »Stilvollen«; zu beobachten z. B. in einer Anzeige der ›Männer-Vogue‹, die sich dafür starkmacht, »Geld stilvoll auszugeben«. Ja, wer so viel Geld hat, der kann sich zur Not sogar die Stilvollheit noch leisten, ohne daß es groß auffällt.

Noggern »Nogger dir einen!« befiehlt eine bekannte deutsche Eiscremefirma, die auch für das »knispern« zuständig ist. Aber: Noggern ist noch viel, viel schöner als → reinknispern!

Nullösung Diese spielte 1983 eine große Rolle, aber der Russe machte nicht mit. Vermutlich verwechselt er sie wieder mal mit der Endlösung und hält sie für was Böses. Dabei ist sie doch eine so schöne Kreation; inhaltlich wie sprachlich.

Ofenfrisch Sind immer Semmeln. Diese aber sind nie »knabberfrisch« oder »funnyfrisch« (s. beides unter → knabberknackig oder gar → sahnefrisch). Nie und nimmer!

Opinion-Leader Begriff ursprünglich aus der Soziologie, der den Wortführer einer Gruppe meint. Etwa beim → Brainstorming. Wird der Leader noch gesucht, heißt er freilich Head – und es handelt sich also um die bezaubernde Tätigkeit des → Head-Hunting.

Orientierungsmuster Aus dem Soziologen- adaptiertes neueres Bürokratendeutsch, bei dem der Berg meist eine Maus gebiert. Wie z. B. bei der schon unter → Bürgerbetroffenheit belobigten Rede des Innenstaatssekretärs Waffenschmidt: »Nur durch die Rückbesinnung auf bewährte Orientierungsmuster können überhaupt umsetzungsfähige Impulse gegeben werden ...«

Orwell-Jahr Das Orwell-Jahr ist zwar an sich noch kein Dummdeutsch, jedenfalls kein besonders überragendes – es wurde es aber durch Gebrauch und Mißbrauch. Gerade im Orwell-Jahr 1984. Extremster Fall: »Der siebte Führungswechsel an der Tabellenspitze der Bundesliga und die Punktverluste von Stuttgart, München und Hamburg unterstreichen, daß im Orwell-Jahr alles möglich ist« (dpa, 6. 2. 84).
Weißgott.
Und doch ist damit dem Orwell-Jahr noch immer nicht die Krone auf die Palme gesetzt. Sei's daß ein Sportkollege den Gedanken so begeisternd fand, sei's daß die gleiche Pfeife sich selber abkupferte – am 19. 3. 84 schon eröffnete die ›Offenbacher Sport-Post‹ ihre Lagebetrachtung mit dem Satz: »Es kommt, wie es im Orwell-Jahr 1984 wohl kommen muß: das 21. Titelrennen in der Fußball-Bundesliga entpuppt sich als Neuauflage des Duell (!) der ›Großen Brüder‹ Bayern und HSV, die seit 1979 die Meisterschale gepachtet haben.«
Rennen, puppen, pachten, neuauflegen, duellierte Brüderschaft – nein, diesen Orwell an Metaphern darf auch kein Nabokov zu Ende denken.

Orwell 2000 Wohnwelt '84

Outdoor Ist laut Firma ›Süd-West‹: »Begriff aus dem Amerikanischen, sinn- und aussagerichtig nicht übersetzbar.« Demzufolge erklärt ›Süd-West‹: »Outdoor ist . . . Backpacking, Canoeing, Wilderness . . .« Also offenbar ein zünftiger Urlaub an der frischen Luft. Die den Textern von ›Süd-West‹ auch mal wieder guttäte.

Output Aus einem Mund, dem sonst eher Schwerblütiges entschlüpft, konnte man kürzlich vernehmen: »Mir ist ganz klar, daß dies ein ganz ungewöhnliches Verhältnis von manpower und output ist«, sagte der Suhrkamp-Lektor Friedhelm Herborth, und meinte ausdrücken zu wollen, daß es für zwei Lektoren viel zu tun gibt, wenn der Verleger verlangt, daß die beiden pro Jahr rund achtzig Bücher zu lektorieren hätten. Folglich überlastet sind und darüber ganz vergessen, daß Lektoren zuvörderst die deutsche Sprache zu beherrschen haben – gerade wenn sie an der Suhrkamp-Kultur mitbasteln.

Paradigma Neo-geisteswissenschaftliches Modewort, dessen Beherrschung den Beherrscher von jenen abhebt, die nur »Exempel« draufhaben.

Parameter Ursprünglich eher naturwissenschaftlicher Begriff, seit Ende der 70er Jahre neogeisteswissenschaftliches Modewort. Bedeutet gleichfalls nicht allzu viel.

Parkleitsystem Das P. gehört in die zunehmende Gruppe des Verkehrs-Dummdeutsch wie → Erlebnisfläche, → Verkehrsberuhigung und → Boulevardcharakter. Die Redaktion gesteht ihre Unfähigkeit ein, zu erklären, was ein P. ist. Wir geben das Wort dem Herrn Bausenator Eugen Wagner aus der Hansestadt Hamburg:
»Der Stellenwert der Verkehrspolitik, sprich in diesem Falle der Parkpolitik, wenn ich das mal so sagen darf, hat für den Bereich der inneren Stadt einen hervorragenden Stellenwert, meine ich, zumindest im Bereich der Verkehrspolitik ...
Wir haben die Vielzahl nach wie vor von 30000 Stellplätzen. Davon sind seit 1977 bis heute rund 2000 mehr dazugekommen. Außerdem möchte ich hier insbesondere sehen, daß wir für die Innenstadt nicht so gerne haben den Berufspendler ...
Was wir gerne berücksichtigen wollen mit unserer Parkplatzpolitik, sprich Verkehrspolitik, ist, daß der Kurzparker, der einkaufen will, der in der Stadt sich bedienen will, daß dieser, der mit seinem Auto kommt und auch von weit her kommt, daß er hier die Möglichkeit, kurz zu parken, hat und dann auch seine Besorgungen machen kann. Wir möchten eins vermeiden: den Eindruck zu erwecken, daß Hamburg etwas grundsätzlich gegen den Autofahrer in der Stadt hat, sondern hier liegt wirklich die Wahrheit auch in der Mitte. Wir sind selbstverständlich nicht in der Lage, alle Wünsche zufriedenzustellen, aber wir möchten gerne, daß sowohl der Fußgänger als auch der Autofahrer sich vernünftig bedient sieht.«
Besser kann man es nicht sagen.

Park + ride System Hinweis für Autofahrer, vom Stadtrand ins Zentrum nicht mehr zu fahren, sondern zu reiten. Den Auftrieb möcht' man erleben!

Parkstudium Das Parkstudium hat nichts, wie noch zu Goethes Zeiten, mit dem Studium im Park (Weiber!) zu tun; sondern es ist ein besonders hübscher Ableger der schon älteren »Park-and-Ride«-Philosophie – und es meint nichts geringeres als dies, daß, wenn man schon nichts Gescheites zu studieren kriegt, man halt irgendwas anderes studieren soll. Zum Beispiel Paradigma und Parameter.

Parteienlandschaft »Wie arm wäre die deutsche Parteienlandschaft ohne diesen Fels Franz Josef Strauß!« ruft mit letzter Überredungskraft der ›Rheinische Merkur‹ (April 1984). Zu scheiden von der Parteienlandschaft ist die Parteilandschaft, in diesem Fall die CSU, in der Strauß freilich auch ein Fels ist. Und nicht zu verwechseln ist sie mit der → Medienlandschaft, obwohl das heute alles stark ineinander greift und spielt und hinten oft höher als vorn ist, und Strauß auch in dieser seinen Fels steht.

Partner Zwar gab es schon seit längerem dümmliche Verschleierungs-Komposita wie »Tarifpartner« und »Sozialpartner«. Aber merkwürdigerweise (und möglicherweise im Gefolge des ›Playboy‹, der schon seit geraumer Zeit anläßlich von Liebenden, Ehepaaren usw. von »Partnern« wie von kommerziellen Gaunern redet) verwendet jetzt auch noch die neue und → sensible Linke resp. → Psychosprache den Begriff, meist in der wissenschaftlich harmlosen Kombination mit »Beziehung«. Ein großer Schlag an Vulgarität aber gelang vor einigen Jahren im Wahlkampf den bayerischen Grünen, die sich nicht entdumpften, auf ihren Plakaten von den Menschen als den »Partnern der Natur« zu quallen. Der Stil ist eben auch die Partei – und der macht hier ziemlich → betroffen.

Pausenbrot Das P. ist und bleibt genau das, was wir früher immer in den Papierkorb geworfen haben. Der Jugendliche von heute dagegen versteckt es geschickt in Mammis Servierkörbchen und rennt mit begeisterter Miene in die Schule – während Mutti den Reihenhauskoller kriegt. Die liebevoll eingepackten Superstullen sollen nun durch die »Milchschnitte« ersetzt werden, einen mit Altmilch gefüllten Körnergummiwabber, der ein »Pausenbrot ist, wie es heute sein soll«. Und wenn Sarah (12) und Daniel (14) endgültig Zahnfäule von ihren EG-Restschnitten haben, ist Mammi wieder mal die Angeschmierte. Was muß sie auch Kinder in die Welt setzen.

Penetrieren Emanzenvulgärsoziologisch; erfunden und penetrant popularisiert vor allem von Alice Schwarzer. Soll offenbar etymologisch vage das Gewalt-Motiv »Penis« assoziieren und derart den Frauen Furcht und Abscheu a priori einjagen. Denn: Penetrieren kann nur der Mann, die Frau kann nur penetriert, irgendwie vergewaltigt werden. Da wäre dann freilich »phallokratisieren« noch eine Idee perhorreszierender.

Warum A. Schwarzer, die ja keine dumme Person ist, einen solchen Stiefel in die Welt setzt, wird ihr Geheimnis bleiben. Es wird halt vielleicht so sein, daß sie irgendwie ihr Blatt vollkriegen muß.

Pflegeleicht Nicht zu verwechseln mit → kuschelweich, nein, gar nicht zu verwechseln. Sondern die Pflegeleichtigkeit ist ein Gratisservice zum Kuschelweichen.

Pfund Früher geltende, haarscharf 500 Gramm darstellende Maßeinheit. Der Firma Tchibo blieb es vorbehalten, erst 400 Gramm bei gleicher Pakkungsgröße auf den Markt zu bringen, um dann 1) deutsche Hausfrauen in heillose Verwirrung zu stürzen, und 2) kurz danach dummdreist zu behaupten: »Ihr Pfund ist wieder da«, was nichts anderes als das Eingeständnis des 400-g-Flops war.

Phantasie »Phantasie an die Macht!« kreischt als vorerst letzter alter Hut der Hanser-Verlag in seiner Frühjahrsproduktion 1984 – seit einem guten Jahrzehnt dröhnen sie derart daher, und zwar am lautesten jene, die der Phantasie nachweislich am fernsten stehen – der Nachweis fällt leicht, denn Phantasie läßt sich nun mal nicht per Veranstaltungsplakat, via Wochenendseminar und Appell herauslocken. So wird der Ruf nach Phantasie meist zum Pendant des dumpfmeisterlichen → Betroffenheits-Bekenntnisses.
»Die Phantasie an die Macht«, so lautete die Parole vom Pariser Mai 1968. »Phantasie allein ist Geisteskrankheit«, sorgt sich dagegen Gregory Bateson. Vor allem, wenn es beim Gratis-Bekenntnis bleibt. Als Obermakker der Phantasie hat sich seit Jahren André Heller installiert, im März 1984 erkannte er im Zuge des 365. Aufgusses seiner einschlägigen Feuerwerks-Aktivitäten auch noch, Berlin sei »die Hauptstadt der Phantasie« – das mußte ja auch mal einer

aussprechen. »Die Phantasie an die Macht – die Losung der Technokratie« (Jean Baudrillard, Der symbolische Tausch und der Tod).
Schwer verwandt der Phantasie sind die → Kreativität und das sich → Einbringen. Obwohl ja Phantasie von Haus aus eher ein sich Ausbringen, ein sich Entäußern meinen könnte. Aber macht nichts.

Phantasma Ein ursprünglich medizinisches Wort für Trugbild – heute ein im hohen Schwang befindliches Lieblings- und Imponierwort der geisteswissenschaftlichen Schickeria, das so ziemlich alles und jedes bedeutet.

Pharmareferent Dieser war vordem ein ordinärer Ärztebesucher oder Arzneimittelvertreter und ist jetzt Teil der »Pharmakommunikation«, die ihrerseits, nach einem Bericht der ›FAZ‹ vom 26. 2. 1984, dem Münchener ›Institut für Pharmakommunikation‹ unterstellt ist.

Pilotprojekt Vermutlich im Zusammenhang mit dem Kabelfernsehen wurde diese Metapher geboren oder zumindest popularisiert. Sie ist zwar noch nicht apriorisch dumm – wird es aber spätestens dann, wenn sie im deutschen Sportjournalismus im Zusammenhang von Beckenbauers neuer Nationalmannschaft auftaucht, nämlich der Erstnominierung Ralf Falkenmayers. Und, so schnittig-jettig das Wort, ein Vorstadium ist noch immer ein Vorstadium und ein Versuchskarnickel ein Versuchskarnickel. Und kein Pilotprojekt.

plus Eine neuere deutsche Lebensmittelladenkette, deren Entschlüsselung nach eigenen Angaben da lautet: »Prima leben und sparen.«

Positiverlebnis »Hartinger hatte dann sein Positiverlebnis«, schreibt der ›Deutsche Sportinformationsdienst‹ 1984 anläßlich der Geschehnisse bei der Fußball-Europameisterschaft, »als er an der Hotelbar mit Menotti, Bearzot, Di Stefano und Höttges ins Gespräch kam.«
Das Positiverlebnis ist einerseits die Umkehrung des Negativerlebnisses und sprachlich noch scheußlicher als dieses. Andererseits erscheint es als ein Pendant zum → Aktivitäts- und → Action-Ideal wie auch zum → Frischwärts-Drang, und daß das Ganze → irgendwie mit der Wende, Kohl und dem ganzen Wahnsinn zusammenhängt, ist ja nicht schwer zu erahnen.

Postapokalyptisch Die Kenntnis dieses Wortes verdanken wir dem Suhrkamp Verlag, der in seinem Prospekttext zu einem Buch des Schriftstellers Joachim Veil orakelt:» ›Das Geräusch beim Erwachen‹ [der Titel des Buches] besteht aus 366 römisch numerierten Abschnitten in drei Teilen: aus lauter Geschichten, Sprüchen, Witzen, Rätseln, Gedichten, die von Joachim Veil zu dem irritierenden Vexierbild eines nachbabylonischen und postapokalyptischen Schaltjahrs zusammengesetzt worden sind.«

Postbürgerlichkeit Geschwätz aus dem Sumpf des neueren geisteswissenschaftlichen Jargons. Wahrscheinlich hatte man es einfach eines Tages satt, dauernd von »Spätbürgerlichkeit« zu reden. Vgl. auch → Postmoderne.

Postmoderne Die Postmoderne muß Anfang der 80er Jahre und parallel zur → Postbürgerlichkeit in irgendwelchen obskurantischen akademischen Faselrunden begonnen haben – und bezieht neuerdings, wenn's hart auf hart geht, alles, aber auch alles ein, auch das, was noch bis vor kurzem als »Moderne« galt, z. B. einen Romancier, der zwischen 1900 und 1925 veröffentlichte: »Svevo ist der postmoderne Schriftsteller, der vielleicht mehr als alle anderen die Dämmerung des Subjekts erfaßt hat.« So – sage und schreibe – Claudio Magris in seinem entsetzlich törichten Vorwort zur neuen deutschen Italo-Svevo-Ausgabe, Rowohlt Verlag 1983. Obwohl doch einer Ausstellung in Frankfurt 1984 nach zu schließen, »die Postmoderne« von 1960 – 1980 anzusetzen ist. Wenn überhaupt.
Ursprünglich galt der Begriff nur für die neuere Architektur und bedeutete: »Postmoderne: das heißt Erkerchen sind wieder erlaubt« (Chlodwig Poth). Jedenfalls hat die Postmoderne nichts mit der Modernisierung der Post zu tun, Gott sei Dank, obwohl sich auch auf diesem Feld gefährliche Tendenzen abzeichnen (Kabelfernsehen, Schwarz-Schilling u. a.), die Franz Kafkas Befund zu widerlegen drohen, die Post sei ein »Amt ohne Ehrgeiz«.

Power Ein neuer, möglicherweise noch aus den »Black-Power«-Zeiten herrührender Begriff aus dem Juvenil-, Disco- und Halbidiotengenre, der in fast jedem Fall auf die Unappetitlichkeit des Verwenders schließen läßt. Den bisherigen Höhepunkt schaffte 1983 (laut ›Spiegel‹) der Fußballer-Berater Holger Klemme: »Um Power zu spüren, brauch ich Trouble.« Noch im selben Jahr verbessert

Eckhard Henscheid in seinem Roman ›Dolce Madonna Bionda‹: »Um Power zu feelen, brauch ich Trouble!« Gesichtet wurde 1984 u. a. die ebenso kosmetische wie binnenreimpoetische Ausweitung »Shower Power« – am bedrohlichsten aber erscheint doch dies Frankfurter Plakat vom Sommer 1984: »Pampa Power – die Hesse komme!«

Preisbruchvergütung In einer Pressemitteilung des Bonner Ernährungsministeriums lesen wir: »Bundesernährungsminister Ignaz Kiechle hat die EG-Kommission erneut dringend gebeten, rasch die Preisbruchproblematik im Sinne einer Preisbruchvergütung zu lösen.« Wir vermuten, daß es sich um eine besonders infame Art der Subvention unserer dummen Bauern han-

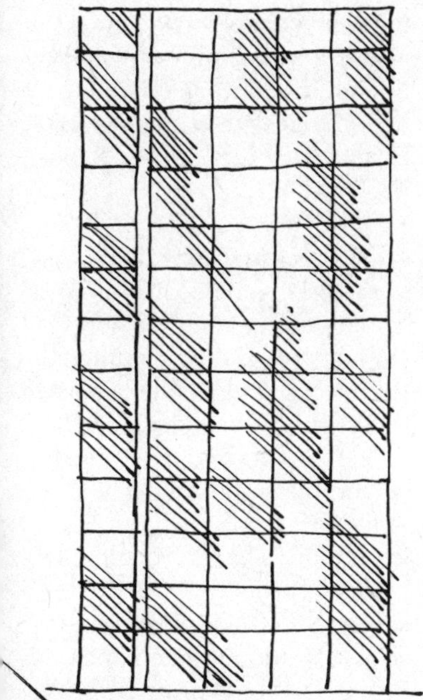

delt, verweisen aber lieber auf das Bundesernährungsministerium, 5300 Bonn, Herrn Minister Kiechle.

Problembewußtsein Vgl. unter → Umweltbewußtsein.

Psychosprache Das Wort selber ist nur etwas dümmlich – als wissenschaftliche Hilfsvokabel bezeichnet es ganz gut das → Syndrom an Schrott und Edelschrott, das sich unter seinen Fittichen versammelt: Von den früher Wehwehchen genannten → Verletzlichkeiten bis zum → Einbringen, von »Beziehung« bis → ätzend, von »authentisch« bis »unheimlich drauf«. Dazu notiert Dieter E. Zimmer (Echt ätzend, wie du abblockst, Die Sprache der Psychoszene) in ›Die Zeit‹ 40/83, nachdem er ihre »ganz sympathische« Unpretentiosität gelobt hat, u. a.: »Uneingeschränkt mag ich diese Sprache dennoch nicht willkommen heißen. Erstens merkt man ihr vorläufig ihre Herkunft noch sehr deutlich an – unverwechselbar riecht sie immer noch nach dem Schweiß jener Seelengymnastik, bei der sie entstand, den Zeremonien jener Psychoaerobic, deren Bewegungsmuster sie beschreibt. Und da diese zu ihren Rändern hin sich in dubioseste Kulte und Mysterien ausfranst, muß jeder für sich Grenzen ziehen, sonst passiert es ihm unweigerlich, daß er sich unabsichtlich mit Ideologien identifiziert, denen er kein Wort glaubt.«
Bleibt zu ergänzen, daß nicht nur Teile der Psychosprache ein Übel sind – im Kainszeichen ihres Vormarsches wurden auch ehemals sinnvolle wissenschaftliche Begriffe wie »Psychosomatik« oder «Psychogenese« durch sinnlos-beliebige Verwendung inflationär und fast untauglich. Fließend sind die Übergänge von der Psychosprache zur Sprache der → Scene mit ihren schillernden Vokabeln, wie etwa, »brettern«, »einflippen« oder »sich reinschaffen« (Vgl. dazu u. a.: ›angesagt, scenedeutsch. Ein Wörterbuch‹. Extra-Buch-Verlag 1983).

Qualifizierungsoffensive Ausgerechnet Peter Glotz mußte es sein, der in einem ›Spiegel‹-Gespräch (14/84) diesen grauenhaften Wechselbalg in die ja an sich schon ausreichend häßliche Welt plazierte – und was das Ganze sei, erklärte Glotz auch noch: »Die Veränderung durch Mikroelektronik und Nachrichtentechnik zwingt uns, die Menschen in die Lage zu versetzen, sich so weiterzubilden, daß sie mit den neuen Anforderungen, aber auch mit der wachsenden Freizeit etwas Vernünftiges an-

fangen können – also Qualifizierungsoffensive.«
Haben Sie's verstanden? Nein. Muß auch nicht sein. Manchmal scheint es, als ob Zauberformeln wie »Mikroelektronik« selbst sonst halbwegs qualifizierte Mitdenker so in Bann schlagen, daß es sie beim Reden wahrhaft offensiv aus der Kurve trägt.

Quantitative Hinsicht »Der Ausbau des Bildungswesens in quantitativer Hinsicht wurde voll geleistet« (›Die höhere Schule‹, Zeitschrift des deutschen Philologenverbandes 8/1981). In diesem Satzmonster stecken mindestens sieben Denkfehler bzw. sprachliche Unsäglichkeiten. Finden Sie wenigstens drei, Herr Oberstudienrat!

Quick-Trip Früher ein Begriff aus der Drogenszene, als es darum ging, sich im Pausenhof rasch einen Joint reinzupfeifen. In den Sprachgebrauch des Reise-Unwesens eingegangen für drei Tage Paris im Fünf-Sterne-Schlafsesselbus mit Frischluftdüsen, getönter Doppelverglasung, Chemieklo und Snacks an Bord. Macht 99 Mark. Dann doch lieber zu Hause einen durchziehen.

Rebirthing Der ›Pflasterstrand‹ z. B. ist neuerdings voll von Kleinanzeigen, in denen »Rebirthing – Bewußtes Atmen – Einzel- und Gruppensitzungen« u. v. ä. angeboten wird; vorzugsweise in der Toscana und vorzugsweise veranstaltet ausgerechnet von »Lehrerkooperativen«.
Noch schöner und gaunerischer wären allenfalls Self-Finding und Mind-Recycling. Und natürlich Head-Fullends-Entlasting.

Reinknispern Die Eiscremegruppe Langnese zeichnet nicht nur für den Oberknaller Ed von Schleck (siehe unter → action) verantwortlich, nein, sie hat kürzlich auch noch diesen sprachschöpferischen Reklamewahnsinn ins Rennen geschickt: »Vienetta weckt die große Knisperlust . . . schokobraune Knisperschichten . . . komm laß uns knispern . . . da könnt ich mich reinknispern.«
Bitte Verwechslungen vermeiden mit »knispeln« (vgl. unter → bumsen) und »reinpfeifen« (vgl. unter → einpfeifen).

Reinweichen Hängt sicher → irgendwie mit der neuen → Sensibilität zusammen. Und mit der Idee des sich → Einbringens sowieso.

Reitsport-Leckerbissen Das Pferd ist aus Honigkuchen, der Reiter aus Sülze, die Sache findet in Brezelheim statt, und wenn es sich nicht um ein Reitturnier um die Bezirksstandarte handeln sollte, dann um das Geklecker aus der Gabel eines Sportjournalisten der ›Allgemeinen Zeitung‹ Mainz.

Relaxen Häufig anzutreffen auch als Relaxing. Nicht zu verwechseln mit Rolex. Obwohl Rolex-Uhren-Träger meist sehr relaxte Arschgeigen sind.

Remake Die höllischste Satzsequenz zum neudeutschen Remake – gemeint ist die Neufassung oder Neuaufbereitung klassischer Kunstwerke – ließ jüngst der im Neo-Dummdeutsch ohnehin superieure ›Spiegel‹-Redakteur Klaus Umbach im ›Spiegel‹ (40/84) ab: »Ein Gral der frühen Stereo-Ära und Tabernakel der Wagnerkirche wird jetzt auf CompactDisc noch einmal aufpoliert: Soltis ›Ring des Nibelungen‹ (. . .) Die technische Prozedur für das HiFi-Juwel hat sich gelohnt (. . .) Die Gibichungenhalle kracht mittels elektronischer Tricks in einem bombastischen Spektakel zusammen. Die Plattenbranche erwartet von Deccas Remake Aufschluß darüber, ob sich der Transfer betagter E-Musik-Produktionen auf den derzeit modernsten Tonträger auch kommerziell auszahlt.« Luft, Richard, Luft!

Risiko-Sharing Betreibt Herr Staatsminister Jürgen Möllemann. Bzw. würde er gern betreiben, damit er nicht andauernd so auf die Schnauze fällt, wenn er nämliche aufmacht. Risiko-Sharing mit Herrn Genscher, seinem Ziehvater in liberalen Dingen, hat Möllemann gefordert, nachdem ihn Pappi nach der besonders entlarvenden Rede für die Einführung der Neutronenbombe in Deutschland einfach im Regen stehen ließ. Will sagen, Möllemann darf auch weiterhin das krauseste und verlogenste Zeug behaupten, nur muß Pappi auch einen Teil der Dresche kriegen. Woran der natürlich nicht denkt, und wir alle weiterhin Herrn Möllemann eine ungewöhnlich taube Nuß zeihen dürfen. Und zwar alle!

Risiko-Sharing Kein geringerer als Jürgen W. Möllemann war es, der ausgerechnet im Zusammenhang mit der Neutronenbombe (für die er plädierte) auch noch diesen wunderbaren Bastard wenn nicht erfand, so doch öffentlich machte: »Herr Genscher, entweder wir ziehen das« – die Bombe – »künftig gemeinsam durch, dann müssen wir Risiko-Sharing machen.« (›Der Spiegel‹, 24. 9. 1984, S. 43).

Rollenkonflikte Solche gibt es zum Beispiel unterbrochen in Form von Rollenverhalten zwischen Mann und Frau und jedenfalls in beider Ordinärsoziologie – allerdings auch z. B. zwischen Arzt und Arzneimittelvertreter, neuerdings auch genannt → Pharmareferent; jedenfalls nach einem Bericht der ›FAZ‹ vom 26. 2. 84.

Romantikhotel Romantikhotels vertritt u. a. 1984 das Deutsche Reisebüro im Zuge ihrer Urlaubstips. Das Kompositum tritt auch in anderer Formation auf (Romantikurlaub, Romantikstraße) und versteht das Romantische als das besonders Schlichte, Einfache, ja Dümmliche. Zwar meint »Romantik« ursprünglich genau das Gegenteil, nämlich das Unnaive, unendlich Reflektierte – aber da kann man schon eh nichts mehr machen.

Romantik total Top (s. dort) -Angebot der Bundesbahn plus Nostalgie und modernem Reisekomfort. Mit 200 Kilometer in der Stunde an Burgen und mittelalterlichen Bilderbuchstädten (!) vorbei – ssomm, ssomm – Velourbezüge, Edelholztäfelung, Klimaanlage – ssomm, ssomm – dazu ein geschmacksneutraler Sauerbraten, fünfundzwanzigmarkachtzig – herrlich, herrlich – Heidelberg, Rheinpfalz, Lorelei – ahh – ssomm, ssomm – Hackbrettmusik in der rollenden Bar, dazu Kirschwasser – Deutschland entdecken – dafür braucht's Reiseexperten – total bescheuerte.

Rundum-Sorglos-Paket Noch Goethe und Heidegger begriffen die Sorge als eine Grundbefindlichkeit des Menschen. Damit hat sich's nun ausgesorgt, und für die → Entsorgung sorgte 1984: das Rundum-Sorglos-Paket der Europäischen Reiseversicherungs-AG im Verein mit der Deutschen Bundesbahn – und zwar erfolgt die Vernichtung der Sorgen (so ein Romantitel von Wilhelm Genazino) hier als Abwehr gegenüber Gepäckverlust, Unfall, Schadenshaftung und Krankheit.

Sachzwänge Meist im Plural verwendet und in der neueren Politik, vor allem von Helmut Kohl – noch häufiger freilich in der Kommunalpolitik. Freie, vernünftige und ergo sachliche Entscheidungen werden heutzutage oft unmöglich wegen juristischer, bauamtlicher, ökonomischer und überhaupt infrastruktureller Sachzwänge, welche als Euphemismus für Unvernunft und Idiotie eben diese beiden gleichsam heiligsprechen. Wenn Politiker und Parteien etwas halt partout nicht mögen, dann fällt dessen Unterbleiben in die Kategorie der Sachzwänge. Unter der Diktatur des Sachzwangs werden Wälder und Alleen abgeholzt, Altmühltäler entschärft und prima Betonlandschaften erstellt – wobei das Zwängende der Sachen oft zu den zwingendsten Lösungen führt.

Saisonbereinigt Als saisonbereinigt muß man die Arbeitslosenzahl betrachten, wie sie bis vor kurzem noch ihr wahrscheinlicher Erfinder, der Präsident Josef Stingl, Monat für Monat im deutschen Fernsehen so → betroffen wie gemütlich vorzutragen pflegte. Nein, nicht »gereinigt«! Immer sagte Stingl »bereinigt«. Klingt auch irgendwie reinlicher, oder?

Sahnefrisch Ist vor allem die Käsesorte Philadelphia in der → Doppelrahmstufe. Nicht zu verwechseln mit »knabberfrisch« (vgl. dazu unter → knabberknackig und → knusperknackig).

Sattmacher Gesichtet 1979 an einer Hot-Dogs- und Reiberdatschi-Bude an der Münchner Leopoldstraße; »Der schnelle Sattmacher«. Vermutlich ein verwehter Reflex der Macher-Ideologie der Helmut-Schmidt-Ära.

Satisfaction Siehe → Action.

Saugaktivmatte Bei diesem tollen Gerät werden die Ideen des Saugens und der aktiven → Action sprachlich → ätzend und → paradigmatisch zur Deckung gebracht. Gott sei Dank gesteht wenigstens die Matte eine gewisse Schlaffheit, ja Mattigkeit ein. »Saugaktivtrainer« wäre nicht mehr zu ertragen und nur noch durch die Revolution zu parieren.

Scene Die Scene ist noch kein Dummdeutsch, wird es aber oft durch die Einfalt und Wahllosigkeit der Wortverwendung. »Scene (sprich: ßiehn): kleine Gemeinde in (fast) jeder großen Gemeinde. Entwertet die herkömmliche Diasporasoziologie, da keines ihrer Mitglieder sich zu ihr definiert. In der Mitte statisch, vermufft, klatschsüchtig, zu den Rändern hin lebendig, kreativ« (Michael Rittendorf, Jochen Schäfer, Heipe Weiss, angesagt: ›scene-deutsch‹, Extra-Buch-Verlag, 1983).
Es scheint, daß der Höhepunkt der »Scene« heute schon überschritten ist. Als Ersatz für sie käme z. B. das »Rumgemache« in Frage.

Schmuseweich Der Unterschied zum → Kuschelweichen war leider bis Redaktionsschluß dieses Buchs nicht mehr zu erfahren.

Schnitzel-Paradies Gastronomischer one-food-Betrieb, in dem von der Tischdecke bis zum Waschbecken alles in Schnitzelform dargeboten wird, wahlweise mit Champignons (Jäger-) oder roten Paprikastreifen (Zigeuner-). Wer was anderes will, wird rausgeschmissen.

Schnupper-Preise Frauen schnüren schnobernd durch die Pelzabteilung von C&A, schnüffeln am Bisam, vergraben ihre Rüssel im Teddyfutter, und wenn sie pink Karakul wittern, kann sie kein Abteilungsleiter mehr aufhalten.

Schokoschmackig Eine der zahlreichen Kreationen der Werbe- und Infantilensprache. Ge-

sichtet wurde im nämlichen Frankfurter Supermarkt auch die Geschmacksnuance »nussig«. Schade, daß die dummen Nüsse, die solche Wörter aus der Taufe heben, ewig anonym bleiben müssen – so gerne würde man ihnen eine Leichte auf die Nuß semmeln.

Schutzraumbau Ein Neo-Euphemismus aus dem Gestankskreis der verschleierungsträchtigen → Nachrüstung. Gemeint sind Überlebensbunker aus Beton für den ja nicht undenkbaren Fall von Apokalypse. Genaueres dazu: Robert Gernhardt, ›Deutsche Dokumente‹, erstgedruckt in ›Titanic‹, wiederabgedruckt in: R. G., ›Letzte Ölung‹, 1984.

Schweinewelt Keine neue Metapher für das »Hundeleben« der frühen 60er Jahre; auch keine Vilshofener Polemik von F. J. Strauß wider die einstige Bonner Regierung; sondern der schon wieder zu lobende, ja unbezahlbare Titel einer Zeitschrift für den Schweinezüchter und anliegende Interessentengruppen. Siehe unter → Freßliegeboxen.

Senioren Ein Musterexemplar von neuer Verschleierungs-, ja Verhöhnungssprache. Die → Betroffenen wollen aber, wie man inzwischen weiß, weder Senioren sein noch in eine »Seniorenwohnanlage« noch gar in eine »Seniorenwohnsitzgemeinde« noch demnächst in einen »Seniorenentsorgungspark« – sondern fühlen sich als Alte oft gar nicht so schlecht.
Freilich, die Zeiten werden härter jetzt auch für 40–50jährige. Die kursieren neuerdings auch schon als »Vorsenioren«.
Bisher noch nicht angetroffen wurde analog zur → Saisonbereinigung die doch sehr naheliegende Seniorenbereinigung (ehedem: Tod, Euthanasie etc.). Leiderleider.

Sensibel Die neuere deutsche Sensibilität begann in den frühen 70er Jahren und vermutlich im Gefolge der auslaufenden Studentenbewegung, war aber offenbar nicht auf die Bundesrepublik begrenzt, sondern auch die DDR-Lyrik betritt seit einiger Zeit ›Sensible Wege‹ (so der Titel eines Gedichtbands). Schon Mitte des Jahrzehnts gelangte die Sensibilität zur Hochkonjunktur und steigerte sich gelegentlich in akuten Fällen sogar zur »Sensitivität« – und diesen beiden kann natürlich die gute alte Empfindsamkeit resp. Empfänglichkeit nicht das Wasser reichen. → Betroffen von der Sensibilität sind freilich meist die zähesten, fühllosesten, am wenigsten → verwundbaren

und die am schwersten → verletzlichen Rucksäcke und Knallköpfe. Und neuerdings sogar der gußeiserne Kanzler Kohl: »Es wäre doch absurd, wenn wir dafür (für den Frieden) nicht sensibel wären« (nach ›Spiegel‹ 11/84).
So wie man überhaupt vordem eher sensibel sozusagen an sich war, während man heute bevorzugt »sensibel für« etwas ist. Zum Beispiel »für die Ausländer«. Vor allem in der ›Frankfurter Rundschau‹. Zum Beispiel am 27. 3. 84. Manchmal ist das Blatt allerdings auch »sensibilisiert für die Ausländer«.
Eine ältere und weniger bedrohliche Version des Sensiblen ist das Sensibelchen, das man zur Not in seine Wohnung lassen kann; vorausgesetzt, es quatscht nicht so viel.

Sicherheitszone Diese gibt es nicht nur im militärischen Bereich, nachgerüstet wird in dieser Beziehung seit einiger Zeit auch am Unterleib der Frau. Nämlich mit dem Tampon »Tampona. Mehr Sicherheitszone« (Anzeigenserie 1984). Nämlich mit mehr Watte im Tampon.

Sinndefizit Nicht zu verwechseln mit dem Telosschwund, dem Verlust der Mitte und der allgemeinen nietzscheanischen Lebenslügenboldigkeit. Sondern das Sinndefizit wurde vermutlich von speziellen Pädagogen- und → Sinnproduzenten-Kreisen in das allgemeine Geschwätz → eingebracht.

Sinnproduzenten Begriff vermutlich aus der neueren und insbesondere von französischen Schwerdenkern geprägten Soziologie. Sinnproduzenten sind das, was vordem als Philosophen, Künstler, Religionsstifter usw. separat lief, und besonders befähigte Vorreiter dessen, was nach wie vor an → Kommunikation und → Kreativität unters Volk soll; auch wenn sich dieses seine Verständigungstexte (s. unter → Verständigung) teilweise schon selber bastelt, fern jeder Sinnproduktion.

Sitzvergnügen Stellt sich exklusiv im superbequemen Kuschelkomfort ein, ganz gleich, ob man unter losen Rückenpolstern begraben, von strapazierfähigen Ornamenttroddeln erdrosselt oder vom Massiv-Umleimer niedergemacht wird. Der Servierwagen, stahlvermessingt mit Kristallplatte aus Polyätherschaum und die integrierte ausklappbare Fußstütze gehören auf jeden Fall dazu. Weltspitze!

Sozialer Wohnungsbau Hängt → irgendwie mit Adenauer, Neue Heimat, Vietor, Vetter usw. zusammen. Geht laut ›Spiegel‹ 1984 zu Ende.

Sparpreis Vgl. unter → Business-Klasse und unter → plus und → Minitarif.

Spielkontrolle Ein neuer Begriff aus dem Fußball-Reporterdeutsch. Bedeutet nichts. Hört sich aber gut an: »Die Eintracht hatte die Spielkontrolle jederzeit in der Hand.«

Stadtneurotiker Hier erhebt sich wieder einmal die Frage, was früher da war: die Henne oder das Ei; der ca. 1978 rasch hochgekommene Pseudo-Begriff oder der Filmtitel von Woody Allen, der freilich im Original »Annie Hall« heißt und mitnichten mit Stadtneurotiker irgend-

was im Sinn hat. So wie das Wort freilich ohnehin vage, ja funest bleibt. Gemeint ist vermutlich eine Auszeichnung bzw. ein Selbstlob. Wer vordem in einer Stadt resp. Großstadt hauste, sein Lebensgefühl aber nicht recht artikulieren konnte und sich selber aber insgeheim → irgendwie toll und → kaputt oder sonstwie crazy wähnte, der holte sich jetzt durch die Titulatur »Stadtneurotiker« die höheren Weihen. Der Stadtneurotiker erlebte eine kurze und fürchterliche Konjunktur – Gott sei Dank ist der Etikettenschwindel als Wort wie als Berufsbezeichnung samt Ideologie wieder im Schwinden begriffen. Requiescat in pace.

Stellenwert Noch vor knapp zehn Jahren war es, da hatte jeder Mensch, besonders jeder linke, zu jeder Zeit zu allem und jedem seinen (meist politischen) »Stellenwert« zu definieren bzw. definiert parat zu haben – sonst setzte es was.
In letzter Zeit hat der Stellenwert diesbezüglich etwas nachgelassen.

Stillgruppe Ist keine neue Form des Schweigemarschs, sondern das kollektiv erlebte Rundumabfüttern alternativ aufgezogener Winzlinge, deren Mütter wirklich nicht mehr alle beisammen haben. Psychoanalytiker sehen darin auch eine frühe Einübung in Gemeinschaftserlebnisse späterer Jahre wie Weitwichsen, Gruppensex, Kegelabende.

Struktur Respektive: strukturell (vgl. dazu auch unter → Infrastruktur). Offenbar ein Glücksfall für die deutsche Linke. Den einen macht es schon glücklich, andauernd von der »Herrschaftsstruktur« (z. B. des Faschismus) zu reden; der andere gibt der »strukturellen Gewalt« den Vorzug; der dritte findet seine Seligkeit spätestens beim »Strukturalismus«. All dies: zum mindesten Grenzfälle von Wissenschaft und Dummdeutsch.

Super Aus dem dümmlichen, harmvoll-harmlosen »Supermarkt« und »Superstar« der frühen 60er Jahre erblühte, verführt von Magie, in den 70ern Halbabenteuerliches wie »Supermann«, »Superurlaubserlebnis«, »Superreinweichkraft«, »Super-Monster« und »Supersensitiv«. All das ist natürlich abzulehnen. Sehr sind wir dagegen für die »Supergeilheit« (auch: Affengeilheit, Rattengeilheit usw.).

Superfrost Creamy Eyeshadow Ist lediglich die Spitze des Eisbergs, bzw. der restlosen Verdummung unserer weiblichen Mitbürger, bzw. die höhnische Ausbeutung deren Pflegebedürfnisses. Man nimmt weiterhin: »Sensitive Creme Satin Makeup«, »Long Lash Mascara«, »Essential Facial Cleanser«, »Revitalizing Beauty Firmer« oder »Non-Smudge Nail Enamel Remover«, wo früher Wasser & Waschlappen gereicht haben. Oder Mutters Salbe. Wo doch noch heute gilt: Der Polin Reiz ist unerreicht. Und die haben garantiert keinen »Maximum Moisturizer«.

Superlearning Unter vielen Verwandten eine besonders affengeile Neuprägung. Hinter der freilich eine enttäuschend alberne und alte Lüge lauert. Laut ›Managermagazin‹ bedeutet »Superlearning« bloß »Lernen wie im Schlaf«. Oooch.

Syndrom Ein ursprünglich naturwissenschaftlicher Begriff, der seit geraumer Zeit auch in den flotteren Sektionen der Geisteswissenschaft an Beliebtheit gewinnt. Er bedeutet so etwas wie ein Bündel an Symptomen, wird aber inzwischen für so gut wie alles und jedes verwendet. Er trumpft so schön auf. Und verschleiert noch schöner.

Taschenbuchgefühl Die insel taschenbücher, so der Verlag in einem Prospekt, sorgen für ein »völlig neues Taschenbuchgefühl«. Ob nun diese selbst ihr Befinden völlig umgekrempelt haben oder den Leser der blanke Juckreiz angesichts vieler schöner insel taschenbücher befällt, wird nicht verraten. Auf jeden Fall scheint uns die obige Neuschöpfung nicht recht mit dem »verlegerischen Anspruch« (im nämlichen Prospekt) zusammenzugehen.

Technik, menschliche Gibt's also auch. Will uns zumindest die Firma Opel weismachen und schreibt so was in ihre Anzeigen über den neuen Kadett rein. Wir glauben gut beraten zu sein, wenn wir dies als übliche Verballhornung potentieller Käufer dieses Wagens ansehen. Und folglich weder an menschliche Technik glauben, noch je einen Kadett kaufen werden.

Teig in Ein Spezial-, ja Genialfall des grassierenden → »in«-Wahns vor allem der 70er Jahre. Nach einem mündlichen Bericht von Robert Gernhardt verwandelte sich im Frankfurter Nordend eine Nudelhandlung über mehrere Stationen hinweg schließlich in ein Etablissement namens »Teig in« – mußte aber dann kurze Zeit später dennoch die Segel streichen.

Tierisch Urspr. Scene-Deutsch, das gleichwohl brutales Dummdeutsch ist, auch wenn es in vermeintlich heiter-harmlosem Gewande – »tierisch stark«, »tierisch geil« – auftritt. Daß allenfalls Menschen sich bestialisch, Tiere aber sich immer sehr human aufführen: darauf haben vor langer Zeit z. B. Grillparzer und Schopenhauer nachhaltig verwiesen. Genutzt hat es natürlich nichts. Sondern dieser Zug ist inzwischen leider »tierisch abgefahren«.

Tip Bedeutet ungefähr dasselbe wie → Top. Daneben Titel einer Berliner Scene-Zeitschrift, die freilich auch »Top« heißen könnte. So Spitze ist die.

Top Bedeutet eigentlich so viel wie → super, → total und → absolut. Bundesligafußballspiele werden mit einem Topspiel-Preisaufschlag versehen – und außerdem reimt sich »Top« auf »Shop«: »Udo's Shop ist für Frauen top!« (Werbeplakat, Frankfurt 1984). Bliebe nur noch zu klären, warum Shop groß und top klein geschrieben ist.
Aber in diesem Bereich geht überhaupt oft so einiges durcheinander – und es kommt zu Verwechslungen mit → Tip, und ärger noch: das großväterliche »tiptop« = piekfein, perfekt spukt irgendwo auch noch in den neueren Köpfen herum. In Re-

gensburg sah der Verfasser mit eigenen Augen in der Eingangstür eines Supermarkts die Aufkleber »Top-Tip« und gleichzeitig »tiptop«.

Total Ähnlich wie »absolut« bedeutet total a) nichts und b) die blindwütende Automatik, nichtigen Erscheinungen mit letzter → Trimm-Kraft einiges ruhmlose Interesse abzugewinnen. »Das ist das totale Chaos«, erklärte ein Beamter der Salzburger Gendarmerie (dpa 13. 2. 84) vor dem Hintergrund verkehrstechnischer Irritationen in den Alpen – wobei man wahlweise bedauern mag, daß österreichische Gendarmen jetzt auch schon so dumm daherreden, oder daß das Zitat von dpa wahrscheinlich getürkt ist. Aber mal davon abgesehen und auch von dem Verdacht, daß ein Chaos nicht mehr zu steigern ist: Bei der ganzen Sache handelte es sich um nichts als um die allgewohnten Lawinen- und Urlaubermalaisen des alpenländischen Winters, von denen man eigentlich am liebsten gar nichts mehr wissen möchte – und eben dies, wenn überhaupt was dran sein sollte, ahnt auch der Salzburger Gendarm und setzt, bangend um seine Wichtigkeit, in einer Art Autosuggestion aufs Chaos auch noch die Totalität.
Den typischen »Total«-Sager erkennt man übrigens daran, daß er die erste und nicht, wie üblich, die zweite Silbe betont.

Totgefroren Schlagzeile der ›Bild‹-Zeitung am 23. 3. 1984. In ihrem evidenten Bestreben, das beckettisch verlöschende Leben ein letztes Mal mit mythischen Begriffen wie Liebe (siehe unter → Liebesurlaub) und Tod zu verramschen, kam ›Bild‹ auf diese erstaunliche, das banale »erfroren« noch einmal verjüngende Schnapsidee. Respekt. Geschärften Einblick in die diesbezüglichen Techniken der ›Bild‹-Zeitung vermittelt das Buch ›Originelle Todesfälle‹ von Nikolaus Jungwirth und Gerhard Kromschröder (Eichborn-Verlag 1982), welches u. a. auch den von ›Bild‹ kreierten kostbaren Todesmodus »sich totfahren« (für: verunglücken) überliefert.

Trading-up Heißen die kolossalen Umbauten, die in letzter Zeit in den westdeutschen Warenhäusern vorgenommen werden. Wie alles gute Deutsche kommt das Trading-up aus Amerika und heißt ungefähr so viel wie: wir haben nicht mehr jeden Ramsch im Angebot, weil den eh keiner mehr will, also bauen wir um, teilen alles schön auf, sieht 1) besser aus und 2) wird alles teurer. Also vom

Herren Socken 2. Wahl DM 7.50
Käse Center
Trading-up.

billigen Jakob zur »gestylten Boutique«. Das alles dient der verschärften Rassentrennung in Deutschland: die Geschäftsführermuttis aus dem Taunus gehen ins Hertie, die Türken und Arbeitslosen bleiben unter sich bei Bilka und Woolworth.

Trauer Siehe → Wut und Trauer

Trauerarbeit Wie das von Freud eingeführte und von Mitscherlich wiederaufgegriffene Wort zumindest in seiner Verwendung obskur und auf den Hund gekommen ist, zeigen vor allem auch seine Varianten: Von »Verdrängungsarbeit« hört man heutzutage viel – und jetzt gar auch von »Stolz-Arbeit«. Nämlich aus dem Munde des konkurrenzlos progressivsten deutschen Kulturdezernenten, Hermann Glaser: »Das deutsche 19. Jahrhundert läßt Stolz-Arbeit zu; und es evoziert Trauerarbeit« (›Soviel Anfang war nie‹).
Ob Trauer nun wirklich eine Arbeit sei, darüber mögen die Physiker mit den Psychologen rechten. Wenn aber nach der Stolz-Arbeit demnächst auch noch die Humorarbeit und die Glücksarbeit eingeführt werden, dann sollte die Literaturpolizei auf den Plan treten.

Traurig »Traurig bin ich sowieso«, klagt krähend ein Schallplattentitel der DDR-Liedermacherin Bettina Wegner – und besser kann man die dahinterstehende, Mitscherlichs weiland waltende Trauerunfähigkeit sowieso hinter sich lassende Gedanken- und Gefühlsarmut gar nicht ausdrücken. Vgl. hierzu die Stichworte → sensibel, → betroffen, → verletzlich sowie → Wut und Trauer.

Traumfrau Läufig sind daneben unter anderen auch »Traumreise«, »Traumhaus«, »Traumberuf« und »Traumauto«.
In seinem Aufsatz »Traumkitsch« wies Walter Benjamin schon vor einem halben Jahrhundert nach, daß es mit den Träumen auch nichts mehr ist; sondern Kitsch. Insofern – stimmt's dann freilich wieder.

Treuepunkte Erhält derjenige, der doof genug ist, sich über einen längeren Zeitpunkt eine Plempe zu kaufen, die ihm nicht schmeckt, um für die gesammelten Kronkorken ein Lachsmesser, das er nicht braucht, oder eine Pfeffermühle, die nicht funktioniert, zu erhalten.

Trimm Gattungsbezeichnung für die Einheit aus Aerobic, Breakdance, Stretching, Dynamik, → Fitness und alles.

Das Trimmen gibt es häufig auch als »Trimming«. Z. B. auf einem Plakat der Interessengruppe »Vitapan«(!): »Frankfurter Trimming 83/84«. Ein Einsichtiger schrieb in der U-Bahn-Station Eschenheimer Tor handschriftlich dazu: »Ist Schwachsinn.«
Ein besonders trimmbekifftes Beispiel zur Sache liefert auch die Seifenwerbung der Fa. Lanosan: aufgreifend das Motto der Aktion »Sport und Gesundheit« des Deutschen Sportbunds: »Trimming 130 – Bewegung ist die beste Medizin«. Lanosan verlängert: »Gesund leben mit trimming 130 – Gesund waschen mit Lanosan. Die Seife ohne Seife.« Das läßt sich nur noch mit Gottfried Benn parieren: »Bleiben und Stille bewahren / Das sich umgrenzende Ich.«

Umsetzungsfähig Soziologen- bzw. Bürokratendeutsch. (Vgl. unter → Orientierungsmuster). Wahrscheinlich klingt den Benutzern das gleichbedeutende »praktikabel« einfach zu deutsch, um in ihren Schreiben verwendungsfähig zu sein.

Umweltbewußtsein »Umweltbewußtsein und Lebensqualität«, »Umweltbewußtsein und Selbsterfahrung« – so und ähnlich lauten heute Rundfunkvorträge, Gewerkschaftstagungen und Volkshochschulkurse von der Stange – und sorgen derart für steigende Umweltbelastung und -verschmutzung.

Umweltpositiv Gesichtet als Aufschrift auf einem Bagger, Frankfurt 1984. Getrotzt wird damit evident der Umweltnegativität. Sehr schön läse sich das neue Adjektiv zweifellos auch in Schulzeugnissen: »Das umweltpositive Betragen des Schülers macht seine deutschnegativen Leistungen wieder einigermaßen wett.«

Unrechtsbewußtsein Kein Unrechtbewußtsein hat allemal der, der besonders viel Dreck am Stecken hat. Im vergangenen Jahr wurde das U. besonders aktuell, weil der, der kein U. hat, nicht bestraft werden soll, folglich eine Amnestie nötig ist und der schöne Grundsatz »Unwissenheit schützt vor Strafe nicht« nun nur noch für ganz besonders Dumme gilt. Kein Unrechtsbewußtsein haben insbesondere Politiker, die eh von nix wissen.

Urlauben Vgl. unter → kuren.

Verbraucherfreundlichkeit Die alte faustische Frage, ob Verbraucherfreundlichkeit dann gegeben sei, wenn der Hersteller oder Verkäufer freundlich zum

Verbraucher sich verhälte, oder vielmehr dann, wenn der Verbraucher freundlich zur Ware bzw. zum Verkäufer hin blinzle, kann jetzt zugunsten einer weiteren Alternative als gelöst gelten: Verbraucherfreundlichkeit ist dann, wenn die Ware durch freundliches Dreinschauen den Verbraucher über seinen elenden Mißgriff hinwegtröstet.

Verfassungsschützer Das sind Herren, die unsere in der Verfassung aufgeschriebenen Rechte schützen. Sie passen auf, daß niemand unsere Würde antastet, unsere Briefe aufmacht, unser Telefon abhört oder unsere Wohnung verletzt. Wenn jemand uns die freie Meinungsäußerung oder das Versammlungsrecht abschneiden will – na, der soll sie kennenlernen! Ganz verrückt vor Wut werden sie, wenn Leute wegen ihres Geschlechts, ihrer Hautfarbe oder ihrer politischen Anschauungen benachteiligt werden. Da werden die echt zum Tiger. Damit wir ihnen mit Dankesbezeugungen nicht lästig fallen, sind sie gut getarnt. Sie sehen aus wie alle – mit einer Ausnahme: Sie tragen das Grundgesetz ständig unter dem Arm, wenn sie's nicht gerade zu Hause liegengelassen haben.

Verinnerlichen Ein besonders ergiebiges Feld für Dummdeutsches ist die Musikkritik. Ob's daran liegt, daß man Musik eben macht, bzw. singt, resp. spielt, oder was? Ein Beispiel mag genügen: Herr Karlheinz Ludwig Funk schrieb (in der ›Frankfurter Rundschau‹ vom 25. September 1984) über den Bariton Andreas Schmidt, und das liest sich so: »Er ist noch jung, erst vierundzwanzig, aber beide: Schuberts ›Tod und das Mädchen‹, hat er, Andreas Schmidt, schon stark verinnerlicht. Das ›schön und zart Gebild‹ gerät ihm freilich noch etwas füllig-gefühlig (deutsch-kopfstimmhaltig mit ›mundigem‹ Vokal), und seinem unwilden Knochenmann ist die brustige Schwärze versagt, die er zum letztendlichen Quintfall zur Grabestiefe benötigte; er muß die Quarte nach oben nehmen.« Genug? Meinen wir auch.

Verkehrsanbindung Angebunden werden heute speziell Regionen, Zonen und Trabantenstädte, die bisher zu sehr unter → Verkehrsberuhigung, ja Verkehrsnichtberücksichtigung litten. Aus der Anbindung resultiert dann später das wünschenswert hohe »Verkehrsaufkommen«. Kurz: in dieser formierten Gesellschaft braucht eben keiner zu verkommen.

Verkehrsberuhigung Haltloser Traum so vieler Kommunalpolitiker. Entscheidend für eine V. wäre, daß endlich einmal genügend Leute ihren Arsch zu Hause, bzw. ihren schnittigen VW Jetta in der Garage ließen. Aber da wir doch seit Jahren vorgejammert kriegen, daß jeder siebte Arbeitsplatz in unserer Republik vom Auto, bzw. dessen Industrie abhänge, wird es mit der Verkehrsberuhigung nichts werden. Mal davon abgesehen, daß vielleicht ein kreischender Verkehrspolizist (volkstümlich: Stadtförster) zu beruhigen wäre, aber nimmermehr ein Verkehr.

Verkehrsberuhigung Wird leider immer seltener. Sogar bei den Russen. Nach einem Bericht von Gerhard Polt gibt es in der UdSSR Straßen, die »nicht verkehrsberuhigt sind«.

Verletzlich Fast gleichbedeutend mit → sensibel, → verwundbar und → betroffen. Bedeutet bestenfalls fortgeschrittene Bescheuertheit, die sich für Kafka, Botho Strauß oder zumindest Margarethe von Trotta hält.
Als Topmann auf dem Verletzlichkeitssektor hat sich Ende 1983 ein Schweizer Schriftsteller und Soziologieprofessor herauskristallisiert: »Man hat ihn so oft verletzt, daß er verletzbar geworden ist und auch selber verletzt«, schreibt er wortwörtlich in einem Essay, veröffentlich im ›Zürcher Tagesanzeiger‹ vom 12. 11. 1983. Erstaunlich, erstaunlich.
Eine besonders schöne und gar doppelte Verletztheit leistete sich 1984 auch ›Zeit‹-Kulturchef F. J. Raddatz in seinem vollends widerlichen Nachruf auf Uwe Johnson: »Ich möchte auch nicht verschweigen den Riß, den unsere Beziehung seit langem hatte – eine gegenseitige Verletzung sondergleichen, irreparabel und öffentlich gemacht genug.«
Nimmt man die sprachliche hinzu, wird aus der gegen- freilich eine dreiseitige Verletztheit.
Nun, Johnson hat's überstanden – wir aber müssen's weiter leiden.

Verschlanken Ein vor Jahren vom Hermann Luchterhand Verlag eingeführter Begriff, den Abbau des Programms umschreibend. Viele deutsche Verlage bedienen sich seither des Begriffs, wenn es gilt, kritische oder weniger verkaufsträchtige Bücher entweder zu verramschen oder gar nicht erst zu produzieren. Luchterhand muß seitdem jedes, aber auch jedes Buch von Gabriele Wohmann drucken.

Versehrtheit, nationale In die vorderste Front aller Dumm- und Dumpfkritiker schrieb sich ein Helmut Herles in der ›Frankfurter Allgemeinen Zeitung‹ vom letzten September, als er mitteilte: »Auch ihre Lage [die der Westdeutschen] ist trotz der nationalen Versehrtheit, der Arbeitslosigkeit und der Sorge um die Grundelemente des menschlichen Lebens wie Erde, Wasser und Luft weniger katastrophal, als eine verbreitete Weltuntergangsstimmung es fühlt.« Lassen wir einmal beiseite, wie eine Weltuntergangsstimmung (dazu noch eine verbreitete) fühlen möchte, so fühlen wir doch sehr stark, daß in der Redaktion der ›FAZ‹ der Versehrtenausweis im Begriff ist, den Presseausweis zu ersetzen. Was ja nur folgerichtig ist.

Verständigung Sie ist, wie Karlheinz Bohrer im ›Merkur‹ 1/84 dartat, neben der → Kommunikation und vor allem in Form von Podiumsdiskussionen der zeitlos-zeittypische Unfug, ja Wahn schlechthin. Die »Entsubstantiierung des Gedankens durch das ›Gespräch‹«, die analoge »Kriminalisierung der Konfliktbereitschaft« durch die »softe Milieuintelligenz«, laufe dabei, so Bohrer, auf die »Sehnsucht nach der universellen Idylle« hin. Lange Zeit in England lebend, konnte Bohrer dabei nicht einmal halb überschauen, was sich unter dem Kainszeichen von Verständigung, Gespräch und sich → Einbringerei in der Bundesrepublik alles Ruchloses tat. Die Klimax fand vor drei Jahren statt. Zur Zeit der Hochkonjunktur der allgemeinen Verständigungsbereitschaft erkannte der Suhrkamp-Verlag, daß der von den → Sensiblen und → Betroffenen draußen im Lande angelieferte Manuskript-Schubladenkrempel beim besten Willen nicht mehr als Roman, Lyrik und Autobiografie zu verhökern war. Konsequent verkaufte er also den Schmäh unter dem Signum »Verständigungstexte« und war damit aus dem niveaukritischen Schneider. Denn Beurteilungskriterium war nicht länger die Textqualität, sondern es frommte allein die Verständigungsrelevanz – und auf dem zugehörigen Verlagsprospekt hörte sich das so an:
»Verständigungstexte sind Texte unter Leuten, die sich und anderen Mut machen müssen, weil es gefährlich ist zu leben und so aussieht, als könne es noch gefährlicher werden. Wer ›Verständigungstexte‹ schreibt, fragt nicht danach, ob er die Literatur-Latte wirft, sondern ob in dem, was er schreibt, herauskommt, wie ernst und wie un-

ernst ihm zumute ist. Er möchte nämlich verstanden werden. Das wäre für ihn sozusagen das Höchste: ›Seit ein Gespräch wir sind/Und hören können voneinander.‹ (Hölderlin)« Freilich, Hölderlin mußte es sein. Kein Wunder, daß sich der von seinem 32. Lebensjahr an überhaupt nicht mehr verständigen wollte.

Versuch Der Versuch greift das in den 50er Jahren besonders beliebte und krisenfeste und von Adorno (im ›Jargon der Eigentlichkeit‹) gewürdigte »Experiment« ab Mitte der 60er Jahre erneut auf und die Geldbörsen feingeistiger Leser ab. Der Versuch bedeutet, ähnlich wie die → Annäherung, in der neueren deutschen Literatur so etwas wie einen sich selbst exkulpierenden und darum nur um so großartigeren Feinsinn dessen, der den Versuch expressis verbis macht, fast immer in Zeitungs-, Funk- und Buchform.
Wie zur »Annäherung« hat Jörg Metes (in ›Titanic‹ 10/1982) zum Versuch zahlreiche schöne Beispiele gesammelt und gesichtet. Der »Versuch« dankt sich danach häufig den Suhrkampautoren und -lektoren gleichermaßen: ›Der Spätkapitalismus, Versuch einer marxistischen Erklärung‹; ›Frauen. Versuche zur Emanzipation‹; ›Rhetorik des Schweigens. Versuch über den Schatten literarischer Rede‹; ›Atempause. Versuch, meine Gedanken über Literatur und Kunst zu ordnen‹ (Peter Schneider). Hatten ältere Quellen wie Thomas Manns ›Versuch über Schiller‹, Adornos ›Versuch über Wagner‹ und Hans Mayers ›Versuch über die Oper‹ dabei noch die Kategorie des Essays = Versuchs im Sinn, so wurde die Titulatur Versuch später immer wahlloser: ›Deutschland – Versuch einer Heimkehr‹ (Piwitt), ›Zwölf Versuche‹ (Golo Mann) – und zumindest einmal wurde es selbst den Suhrkamp-Titelmachern zu fad und sie ließen sich zu der Dämlichkeit ›Versuchungen. Aufsätze zur Philosophie Paul Feierabends‹ hinreißen.
Aber erst die »Romanze zwischen Versuch und Annäherung« (Metes) ist es dann, die das Nobel-Jargongewäsch ins Schmerzensreiche hochwuchtet: ›Annäherungsversuch‹ (Dieter Hildebrandts Überschrift eines Vorworts zu einem Suhrkamp-Buch); ›Vergil exhumieren? Näherungsversuche an einen Verschütteten‹ (Richard Teuber); ›Drei Versuche Wolfgang Hilbigs Prosa näherzukommen‹ (Armin Ayren).
Usw. Den Gipfelpunkt an Hochzeit zwischen Versuch und Annäherung aber feierte, Metes zu

folgen, bis dato das Gespann Ingeborg Drewitz/Peter Härtling. In den ›Nürnberger Nachrichten‹ schreibt nämlich die erstere über das Buch ›Die dreifache Maria‹ des letzteren unter der Überschrift ›Annäherung an Mörike‹ das Folgende:
»Sich Eduard Mörike anzunähern sei schon schwer, er lasse sich so wenig greifen, hat Peter Härtling während der Arbeit an der Geschichte gesagt, diesen Versuch der Annäherung an ein stilles Genie damit andeutend (...) Härtling hat gut daran getan, die Wegspur dieser Biografie nicht nachzuziehen, sondern Augenblicke der Annäherung zu suchen und deshalb die große, die unerfüllte, für Mörike aber bewegende Liebe nachzuzeichnen, anzudeuten, nachzuerfinden (...) wie ein Freund hat er sich über die Entfernung hin Mörike genähert (...) Anders als Günter de Bruyns Annäherung an Jean Paul, Christoph Meckels Versuch, den fast verschollenen russischen Dichter Baratynskij als einen Freund zu deuten, sucht Härtling in seiner Annäh ...«
»Nein, halt, nicht weiterlesen«, schreit Metes, »sparen wir unsere Kräfte. Das ist ja erst der Anfang.«

Verwundbar »Er bleibt weiterhin verwundbar«, verspricht im Frühjahr 1983 die neue LP ausgerechnet des Kraft- und Gesundheitsbolzens Konstantin Wecker – ist das nicht wunderbar? Aber das ist wahrscheinlich eben dieses → sensibel → Verletzliche an unseren waidwund siegfriedhaften Groß-»Dumpfmeistern« (Jörg Schröder).

Vitalisieren Vitalisiert wird gegenwärtig nicht nur das Theater, das als sog. Regie-Theater durch die Techniken der Aktualisierung und Animation (vgl. auch → Animateur) seine Leute ernährt – nein, jetzt hat es auch »vitalisierte Denkmäler«, und ihr Vitaliseur ist der auch sonst für jeden afterlinken Unfug zuständige hessische Kultusminister Krollmann, dessen vitalistische Animateurgesinnung auch sehr schön und penetrant am unverbrüchlichen Rollkragenpullover abzulesen ist.

Vorermittlungen Sind das die Ermittlungen, die nötig sind, um zu ermitteln, ob nun ermittelt wird; oder sind es eher die Vorermittlungen zur Mitteilung, ob ermittelt wird, wer eigentlich der Ermittelnde bzw. zu Ermittelnde ist? Uns leuchtet eher ein, daß Vorermittlungen nichts anderes als ein oft benutztes Mittel (!) zur Verschleierung bzw. Verzögerung längst anstehender Ermittlungen sind. Ja?

Vorprogrammiert Hunderte Male war z. B. während der Olympischen Spiele 1984 in Zeitungen zu lesen, die Siege von Carl Lewis usw. seien »vorprogrammiert« gewesen. Ein doppelter Unsinn. Wenn schon, dann reichte »programmiert« – und gemeint ist zweitens lediglich, daß Lewis wie erwartet gewonnen habe. Ach ja, wäre ja wirklich verwunderlich, wenn das großkotzige Computer- und Chips-Zeitalter ausgerechnet unserem deutschen Sportjournalismus was Gescheites einflüsterte.

Vorruhestand Betrifft vor allem das Vorruhestandsgeld und die allgemeine Vorruhestandsregelung. Denn analog zu den → Senioren gibt es eben auch die Vor-Senioren wie du und ich, die a) ihr Geld und b) möglichst alles geregelt haben möchten, wenn ihr Ruhestand wie ihr Leben sonst schon keinen Sinn mehr haben; trotz aller Trimm-Pfade und sonstiger hervorragender → Vitalisierungen.

Waffenmix Ein Mix aus Pershing und Cruise Missiles. Nicht zu verwechseln im Zuge der → Mixed Media mit dem Cola-Mix. Denn dieser heißt Spezi oder Schwippschwapp. Obwohl »Waffenspezi« oder »Waffenschwippschwapp« auch nicht übel klänge.
Der Wein-Wasser-Mix aber, den der Pfarrer am Altar veranstaltet, heißt Schorle oder Eucharistie.

Wahnsinn Jugenddummdeutsch. Meint: Klasse, Spitze, echt gut. Vor allem Playmates und verwandte Schrumpfköpfe haben heutzutage oft ein »wahnsinnig gutes Feeling drauf« bzw. sind überhaupt »wahnsinnig gut drauf und am → Abfahren«.

Wasser, stilles Ist offenbar das Gegenteil des ständig rumbrüllenden Biers, des donnerfurzenden Schnapses oder auch eines flüsternden Schaumweins. Wir begrüßen, daß in dieser Zeit, in der jeder der Lauteste sein möchte, wenigstens das Wasser das Maul hält.

Weinseminare Veranstaltet u. a. die Interessengruppe »Romantische Moselreisen« (vgl. dazu auch → Romantikhotel) – und zwar sogar: »Schwimmende Weinseminare«. Na denn ahoi!

Welt, phantasmagorische Die Literaturgeschichten bilden die wundersamste Fundgrube des Dummdeutschen. Da liest man in einem »Autorenlexikon der deutschen Gegenwartsliteratur« über Ingomar von Kieseritzky:

». . . in einer genauen Notierung wird eine irreale und phantasmagorische Welt vorgestellt; zunehmend Ausbildung eines absoluten Dialogs zwischen kaum vorstellbaren Personen; Aneinanderreihung von Details der Entomologie, [was nichts anderes als Insektenkunde ist] der Literatur, der Botanik. Arabeske Form, die sich ins Zufällige auflöst.« Das hat selbst Kieseritzky nicht verdient!
Noch bunter kommt da ›Kindlers Literaturgeschichte der Gegenwart‹ in ihrem 6. Band daher. Über die Lyrikerin Paula Ludwig raunen die Autoren: »Das weit ausschwärmende Fühlen dieser Dichterin bewegte sich mit verwegenem Spürsinn Rändern zu, von denen aus der Schritt ins Leere ganz unschwierig und von entsetzensvoller Schönheit sein könnte.« Ausschwärmend! Verwegener Spürsinn! Unschwierig! Könnte! Nix verstanden und dann noch drüber schreiben, so was haben wir gern.

Wichtig Bücher, Theaterstükke, Inszenierungen usw. sind heute, wenn schon sonst nichts, allzeit »wichtig«. Vor allem im Jargon der Verlagseigenreklame auf Buchdeckeln und im Rahmen sonstiger Verlautbarungen der → Medienlandschaft: »Der Pianist Christian Zacharias erweist sich erneut als einer der wichtigsten, richtigsten und sensibelsten Schubert-Spieler unserer Zeit« (›Rheinischer Merkur‹, April 1984).

Wiederaufbereitungsgegner
Hängt mit der Wiederaufbereitungsanlage zusammen und ist von den deutschen Presseorganen sprachlich durchgesetzt. Zum Beispiel von der ›FAZ‹ am 23. 2. 84, auch wenn diese die Motive der Wiederaufbereitungsgegner nicht billigen kann. Freilich, kritisch wird's, wenn ein Wiederaufbereitungsgegner zwar nicht prinzipiell gegen die Wiederaufbereitung ist, wohl aber gegen die derzeitigen Anlagen. Denn dann müßt's korrekt wohl Wiederaufbereitungsanlagengegner heißen.

Wildlife Boat Safari Diese annonciert in einer vollends wahnsinnig gewordenen Großanzeige die Zigarettenmarke Peter Stuyvesant: »Wildlife Boat Safari, Elephants und Buffalos am Fluß. Super Lodges und Sonnenuntergänge. Karibasee, Victoria-Falls. 5 Tage zum Großwild-Foto-Shooting nach Zimbabwe, Afrika. Auf ins → Action-Weekend der Peter Stuyvesant.«
Schade nicht so sehr, daß es wennschon – dennschon »Buffaloes« heißen müßte. Sader viel-

mehr, daß die Leserzielgruppen offenbar das Wörtchen »and« = »und« noch nicht draufhaben – und am schadesten, daß es nicht »up up ins Action-Weekend« heißt; das erst nämlich gäbe dem Wildlife-Ganzen den angestrebten metafuselig transzendentalen Zug sorry: Trend . . . äh: Design . . . Styling. Oder was.
Daß die Stuyvesant-Hedonismus-Kampagne auf fruchtbaren Boden fiel, beweist aber eine Reiseanzeige in der ›Brigitte‹ (11/84), wo ein 44jähriger »Ex-Austrian« eine »unabhängige Dame« sucht, die es versteht, »Nature, Books, Musik (!), Travels, Camping, Wildlife etc.« mit ihm zu »enjoy.«

Wohnumfeld Wohnen allein genügt heute nicht mehr, da braucht es schon ein »Umfeld« dazu, wo dann weitergewohnt wird oder was? Früher hieß das mal Umgebung, oder Stadtteil, oder gar Straße. Der Märchenonkel Volker Hauff von der SPD spricht es im ›Spiegel‹ (37/1984) aus: »Kinder brauchen ihrem Alter entsprechend ein Wohnumfeld, in dem sie spielen und sich entwickeln können.« Was den Kindern recht, ist deutschen Hundebesitzern billig: wir brauchen ein Kackumfeld für Fido und Waldi; sodann ein Saufumfeld für alle Kiosksteher, bald auch ein Seniorenumfeld, in dem unsere Alten so richtig auf die Fresse fallen können?

Wohnumfeldverbesserung Betreibt z. B. die Gemeinnützige Wohnungsbau e. G. Oberhausen, indem sie nicht nur alte Wohnkomplexe totsaniert, sondern auch gleich noch Plätze, Höfe, Hintergärten usw. mitverschandelt, nämlich in »großzügig gestaltete Freiräume« umgestaltet, um so der »Verslumung« entgegenzuwirken. Das Ergebnis dieses höllischen »parkähnlichen« Wohnens kann man sich gut vorstellen – und auch dies: »Die Verbesserung des Wohnumfeldes erhöht die Identifikation.«
Robert Gernhardt, der den Sachverhalt in den ›Deutschen Dokumenten‹ der ›Titanic‹ (wiederabgedruckt in: R. G., ›Letzte Ölung‹, 1984) aufgegriffen hat, übersetzt schlüssig in Klartext: »Erleichtert die Identifizierung.«

Wut und Trauer Die Doppelleerformel tauchte wohl zum ersten Male im Zusammenhang der RAF-Vorgänge und des Tods von Rudi Dutschke auf. Inzwischen tut jeder Schriftsteller von Anspruch und → Betroffenheit und unverbrüchlicher Linksgesinnung gut daran, »Wut und Trauer« (in dieser Reihenfolge) zumindest einmal in

seine Texte sickern zu lassen. Wobei eine Vorform und Variante, nämlich »Traurigkeit und Wut«, schon für mindestens 1962 nachweisbar ist – diese nämlich sprach Christian Geißler bei einer Anti-Atomtod-Rede 1962 in Frankfurt aus.
Wie weit es inzwischen mit der linken Wut und Trauer gekommen ist, illustriert der erstaunliche Fakt, daß ausgerechnet der Ex-Verteidigungsminister Apel im Zusammenhang mit der → Nachrüstung und den damit verbundenen Problemen beides (in besagter Reihenfolge) empfand und Ende 1983 in einem ›Spiegel‹-Gespräch auch, ohne rot zu werden, zum Ausdruck brachte.
Die durchaus demagogiefähige Ambiguität des Wut & Trauer- resp. Betroffenheitsgelabers beschreibt schon 1979 in seinem Roman ›Die Fälschung‹ Nicolas Born: ». . . Dabei erinnerte er sich an den Vortrag eines Schriftstellers in Hamburg, auf dem Höhepunkt der Kampagne gegen den Krieg der Amerikaner in Vietnam. Die Stimme des Schriftstellers war in einigen Sätzen in ein Heulen übergegangen, und besondere Verbitterung kam zum Ausdruck, wenn die Wörter Betroffenheit, Wut und Empörung fielen. Wenn Laschen sich richtig erinnerte, hatte das Wort Betroffenheit bei ihm wirklich eine Betroffenheit ausgelöst, während die Beschreibung der amerikanischen Greueltaten ihn eher verblüfft hatte durch den vorsätzlichen und pathetischen Wortaufwand« (S. 210).
Dieter E. Zimmer in seinem ›Zeit‹-Aufsatz »Die Expedition zu den wahren Gefühlen« (wiederabgedruckt in: Die Vernunft der Gefühle, 1981) zitiert Jugendliche der Zürcher Protestbewegung: »Ich fühle Trauer, Wut und Ohnmacht in mir« – »Da packt dich eine Wut« – » Heute werfe ich einen Molli, weil ich eine Wut, eine Angst, eine Trauer in mir vorgefunden habe.« Zu befürchten freilich ist auch hier, daß es sich bei derlei weniger um die Rückkehr zu elementaren Gefühlen handelt, sondern vielmehr um Gefühlsadelsausweise, etwa im Sinne des von Adorno/Horkheimer (Dialektik der Aufklärung) elaborierten »Ticket«-Denkens und -Verhaltens: der blindlingischen Buchung etwelcher insinuierter Werte. Sofern die Zitate überhaupt so gefallen sind (wofür einiges spricht), beleuchten sie mehr oder weniger nur ihre eigene komische Klischeehaftigkeit. Denn siehe: Drei Jahre später ist mit Wut, Trauer etc. offenbar schon wieder nix mehr. Im selben Buch verweist Zimmer auf eine Definition der Eifersucht als »Trauer plus Wut«

durch den US-Psychiater Robert Plutchik. Der Ansatz, ob haltbar oder nicht, hätte immerhin etwas Erhellendes insofern, als Wut und Trauer in der Praxis ja fast immer als etwas äußerst »Gemischtes« auftreten, im Regelfall als Diffuses und Konturloses, das bloß nach großen Vokabeln schnappt, um an ihnen Halt zu finden.
Vereinfacht: Betroffenheit, Wut und Trauer laufen Gefahr, zu reinen Aufgeilvokabeln zu verkommen. Sechs Jahre nach Borns Buch haben sie's wahrscheinlich schon definitiv geschafft.

Zielgruppe Begriff aus der Soziologie, heute vor allem im Rahmen der → Medienlandschaft und der dazugehörigen Reklame gängig. Hat aber nicht viel zu sagen. Wie fast alles Gelumpe heutzutage.

Zündis Sind diese kleinen Stäbchen mit dem roten Kopf, die früher unter Welt-Hölzer liefen. Seit 1983 (Ende des Monopols) sind die »Zündis« zwar billiger geworden, zünden dafür aber um so beschissener. Wer dann seine »Ziggi« nicht ordentlich ankriegt, ist eben ein Pfeifi. Im Heidelberger Raum wird »Zündi« auch für die ungewöhnlich tauben Nachkommen des Oberbürgermeisters Zundel gern benutzt.

Zumutbarkeitsregelung Vermutlich kann, wer zäh und regelmäßig Zeitung liest, auch erfahren, was eine Zumutbarkeitsregelung ist. Etwas, das mit dem Frührentner- und Vorseniorenproblem zusammenhängt? Mit den Arbeitsemigranten genannten Gastarbeitern? Mit dem → Ehegattennachzug? Wie auch immer: viel kann man den Autoren eines Dummdeutsch-Lexikons an Recherche zumuten – nur, bitte, das nicht! Das nicht mehr so kurz vorm Ende des Alphabets! Nein, das nicht!

Zukunftsorientiert Sind z. B. Computer + Textsysteme der Fa. CTM, jawohl, die vor allem. Und natürlich Kohl. Und Stoiber. Und überhaupt.

Bitte umblättern:

auf den nächsten Seiten informieren wir Sie über weitere interessante Fischer Taschenbücher.

Gedichte gegen den Frust

Herausgegeben von Hans Kruppa

FISCHER BOOT

Band 7538

Es ist wirklich kein Kunststück, täglich seinen Frust zu bekommen, ein Blick auf abgeholzte Wälder, auf ohnmächtige Demonstranten oder das Aufschlagen der Tageszeitung reichen vollauf.
Aber Frust verändert nichts, sondern macht blind für die Möglichkeiten, die wir eben noch haben. Machen wir einen Ansatz: graben wir unser Lächeln, unseren Mut, Entschlossenheit, unsere Liebe aus.

fi 389/1

Wilkie Collins

»Es gibt keinen zeitgenössischen Romancier, der nicht etwas von Collins lernen könnte: die Kunst, den Leser zu interessieren.«
[T.S. Eliot]

Der rote Schal
Roman. Band 1993

Ein verhängnisvoller Name und eine schöne Unbekannte mit dem roten Schal bringen schicksalhafte Verstrickungen und tödliche Gefahr in die spannende Handlung dieses klassischen Kriminalromans, der bereits 1866, bei seinem Erscheinen, die Leser im viktorianischen England in Atem hielt. »Der rote Schal« ist das zweite Hauptwerk von Wilkie Collins, von dem T.S. Eliot später sagte, er habe »die ersten und besten modernen englischen Detektivromane« geschrieben.

Lucilla
Roman. Band 8135

»Einer der besten und einer der erfreulichsten und psychologisch interessantesten Romane von Collins. Hier werden wir endlich einmal mit Kriminal- und Gespenstergeschichten verschont und erhalten dafür eine höchst fesselnde Erzählung voll psychologischen wie pathologischen Interesses. An Stelle des sonst unvermeidlichen genialen Detektivs oder Advokaten, welcher das übliche geheimnisvolle Verbrechen ans Tageslicht bringt, ist hier ein deutscher Augenarzt getreten, welcher die Katastrophe herbeiführt, indem er der blinden Heldin die Sehkraft wiedergibt.«
(Interpretation von 1885)

Martine Carton

Martine Carton ist 1944 in Amersfoort, Niederlande, geboren. Sie engagierte sich bei der in Amsterdam entstandenen ›Dolle-Mina‹-Bewegung und schrieb als Mitredakteurin der Zeitschrift dieser Gruppe ihre ersten Texte. Bedingt durch ihre Mitarbeit an einer mondänen Frauenzeitschrift erfand Martine Carton eine Romanperson, Tonia van Dijk, die in bis jetzt fünf Romanen die neue Frau dieser Zeit kritisch und humorvoll betrachtet und nebenbei in jedem Roman einen Mordfall aufklärt.

Medusa und Die Grünen Witwen
Band 8023

Nofretete und Die Reisenden einer Kreuzfahrt
Band 8038

Victoria und Die Ölscheiche
Band 8067

Apollo und Die Gaukler
Band 8068

Martina oder Jan-Kees verliert seinen Kopf
Band 8113

Hera und Die Monetenkratzer
Band 8141

Fischer Taschenbuch Verlag

fi 263/3

CHLODWIG POTH

Elternalltag
Band 2441

Taktik des Ehekrieges
Band 2484

Wie man das Volk vertritt
Band 2491

Die Vereinigung von Körper und Geist mit Richards Hilfe
Ein heiterer Liebesroman
Band 8034

Hugo Wiener

Der österreichische Humorist und Kabarettist Hugo Wiener wird häufig der »Kishon aus Wien« genannt. Zu Recht, denn seine skurrilen Geschichten unterhalten nicht nur, sie spiegeln auch unverzerrt und mit samtweicher Satire Menschen und Situationen, mit denen wir alle so unsere tägliche Not haben.

Die lieben Verwandten und andere Feinde
Band 2421
Aus Hugo Wieners Erfahrungsschatz:
Ist man arm und wohnt im Herzen der Stadt, wird niemand nach ihm fragen. Ist man reich und wohnt auf dem höchsten Berg, werden sich entfernte Verwandte melden.

Verliebt · Verlobt · Geheiratet
Satiren. Band 2463
Alles, was im Alltag von Herrn und Frau Jedermann den Keim zur Komödie wie zur Tragödie in sich trägt, verwandelt er mit untrüglicher Menschenkenntnis und ebensoviel Menschenliebe ins Komische.

Heiterkeit auf Lebenszeit
Neue Satiren. Band 2497
Wieners dritte Satirensammlung führt auch in die bissige bis heitere Welt von Familienleid und -freud, von Onkeln, Tanten, lieben Bekannten und sorgenvollen Sprößlingen, aber auch von Steuererklärungen, Rentenfragen und Energieversorgungsengpässen . . .

Fischer Taschenbuch Verlag

fi 345/1